河出文庫

はじめての短歌

穂村弘

河出書房新社

はじめての短歌　目次

第三講　いい短歌とは、生きることに貼りつく短歌

第四講　短歌を作るときは、チューニングをずらす

はじめての短歌

第一講

ぼくらは二重に生きていて、短歌を恋しいと思っている

1　○・五秒のコミュニケーションが発動する

空き巣でも入ったのかと思うほどわたしの部屋はそういう状態
平岡あみ

空き巣でも入ったのかと思うほどわたしの部屋は散らかっている
改悪例

ぼくは日経新聞の短歌欄の選者をしているのですが、右はそこに送られてきた短歌です。作者は平岡あみさんっていう、この短歌を作ったときに中学生くらいだった女の子なんだけど、おもしろいなって思って、新聞に載せました。左の歌は何かっていうと、平岡あみさんの歌をもとに、ぼくが添削の反対をやった。

添削って良くすることですよね。反対に歌を悪くした。めちゃくちゃに悪くしたわけじゃなくて、普通はこういうふうに書いちゃうよね、というふうに改悪した。平凡というか、こっちがまあ普通の書き方だよねっていう。

どこが違うのかというと、「そういう状態」を「散らかっている」にしただけ。意味は多分同じ。「〝そういう状態〟ってどういう状態ですか?」ってテストに出たら、「散らかっている状態」って書くと、まあ丸だと思います。

じゃあなんで最初からそう書かないのか?

改悪例の短歌を見せて「この部屋はどういう状態ですか?」って千人に聞くと、「散らかっている状態」って千人が答えられますね。

一方、右について同じ質問をすると、九九四人くらいは「散らかっている状態」とか「乱雑な状態」みたいなことを言うけれど、残りの六人くらいは、「う〜ん、わかんない」とか、なんか違うことを言う気がする。帰国子女の人とか。

この国では「〝空き巣でも入ったのかと思うほど〟というのは慣用句で、〝散らかっている〟という意味だ」ということを、全員が共有しているわけじゃないから。ということは、もしこれが会社のビジネス文書なら、改悪例のほうが良い書き方なわけ。社員が千人いて、千人に誤読の余地のない正しい情報が伝えられる書き方は、改悪例のほうだもん。

だけど短歌として見ると、良さが逆になる。改悪例はダメで右のほうがいい。それは、短歌とビジネス文書では、伝えたいことがちょっと違うから。

右では「私の部屋はそういう状態」って言われたとき「え、どういう状態?」って一瞬考えますよね。〇・五秒くらい。一瞬考えるっていうのは、コミュニケーションなんです。

平岡あみさんの部屋を見たことがないので、どのくらい汚いのかわからないんだけど、でもそのあと、部屋が汚いって歌を二十首くらい送ってきたので、よっぽど汚いんだろうって思うんだけど、写真は添付されていないので、想像の域を出ない。けれども想像する。それでぼくの部屋も汚いから、どっちが汚いんだろう、なんてことを思ったりする。いろいろ考える。

その余地が、左にはない。「散らかっている」と言われると、それ以上意識や感情が動かない。「散らかっている」という言葉はラベルだから、それをぺたりと貼《は》られると、心が動かない。

だけど「そういう状態」というのは明確なラベルじゃないから「え、そういう状態って？」という心が発動する。

言葉で説明すると長くなるけど、そういうことです。

2 短歌が手渡すのは、例えば何か、きらきらしたもの

大仏の前で並んで写真撮るわたしたちってかわいい大きさ
平岡あみ

大仏の前で並んで写真撮るわたしたちってとても小さい
改悪例

同じ平岡あみさんの短歌にこういうのがあるんだけど、鎌倉か奈良に行ったんだよね。デートか修学旅行か知らないけど。

そこでデジカメか何かで、写真を撮ってもらって、見たんだよね。そしたら「わあわたしたちってかわいい大きさだ」って思ったって歌なんだけど、やっぱりこの人はセンスがある。普通、改悪例みたいになっちゃうでしょ？　写真見たら大仏よりちっちゃかった、って歌なんだからさ。平岡さんは「とても小さい」ってことを「かわいい大きさ」って言い換えてるんだよね。

千人の人に改悪例の短歌を見せて、「大仏の前に並んで写真を撮ったわたしたちの大きさはどうでしたか？」って聞くと「とても小さい」って答えますよね。千人にあみさんの短歌を見せて同じ質問をすると、「かわいい大きさ」じゃわかんない人も、もしかしたらいるかもしれない。

だから改悪例のほうが確実に、散文としての情報的な意味は表現している。でも短歌における価値は逆。

なぜかというと、「かわいい大きさ」という言い方の中には、単純なサイズ以上の何かが含まれているから。

単純なサイズ以上の何かっていうのは、「楽しかった〜」みたいな気持ちね。ある日あるとき鎌倉に行って、ソフトクリームとかなめながら写真撮ってもらって、「わあわたしたちってちっちゃいね」とか彼と言い合った、その日のきらきらした感じ。風のにおいとか。

そういうものが、どこにもそんなことは書いてないんだけれど、「かわいい大きさ」という言い方を選択することで、こっちに伝わる、とぼくは思う。そしてこの作者はそのことを直感的に知っていて、そういう言葉を使うセンスがある。

二首とも同じように左に改悪例を並べたけど、一般的な、社会的な情報を手渡すという意味では、どちらも改悪例のほうがいいわけ。でも、短歌において手渡される情報というのは、そういう社会的なものじゃないということなんだよね。

3　母ちゃんの「赤い目薬」が懐かしいのは

目薬は赤い目薬が効くと言ひ椅子より立ちて目薬をさす

河野裕子

目薬はビタミン入りが効くと言ひ椅子より立ちて目薬をさす

改悪例1

目薬はVロートクールが効くと言ひ椅子より立ちて目薬をさす

改悪例2

中年の女性なんかにこういう人っているんだよね。「赤いのが効くんだよね〜」とか言いながら、ずっとさしてる目薬の名前を絶対に覚えない。

うちの母もそういうおばさんで、思春期のぼくは非常にイライラして、「赤いから効くんじゃねえよ」とか言って、「ビタミンが入っているから、なんとか作用によって効くんだよ」とか言っても、母という人は覚えない。いつまで経《た》っても、赤い目薬と呼んでやまない。社会的な愚かさがそこに集約されているような気がして、イラッとくる。

ところが、母ももう数年前に亡《な》くなりましたけど、今となってみるとそういうところが懐《なつ》かしく思い出される。生きているときムカついた、イライラした部分が、死んだあとは何か、彼女だけの固有の性質として、思い出されてならない。

もしもあのとき母が、「Vロートクール効くのよね〜」と言いながら目薬をさしていたら、「母はVロートクールが好きだったなあ」と、懐かしく思い出しはしない。名前を覚えずに赤い目薬と呼び続けたから、その目薬を見るたびに、「ああこれ母ちゃんの赤い目薬だ」と思ってしまう。

ふたつの改悪例のうち、1より2のほうが、情報としては、より精度を増しています。

それを確かめるのは簡単。薬局に行って「Vロートクールください」って言うと「こちらです」と言って、すぐに持ってきてもらえる。

「ビタミン入りをください」って言うと、すぐには持ってきてもらえない。何種類か目薬を目の前に並べられて、「こちらはビタミンCが入っています、こちらはビタミンCとBが入っています。こちらはビタミンなんとかが入っています。それぞれ機能がちょっとずつ違って、お値段もこうで」って言われて、その中から選びなさい、みたいなやりとりになる。

ところが「赤い目薬をください」って、試しに薬局で言ってみてほしいんですけど、そうすると、店員さんはちょっと困る。「お客様、赤い目薬っていうのは……」みたいな感じになる。

改悪例2が一番いいお客で、原作が一番困ったお客。

だからぼくらは、「改悪例2のように書け」というふうに、社会的教育を受けますね。幼稚園ぐらいから。会社とかに入ると、かなり厳しくそんな教育を受ける。

けど、薬局の店員が白衣を脱いでうちに帰って、晩御飯を食べながら自分の奥さんとかに「今日Vロートクールくれって客が来たんだよ」という話をすることは、決してない。でも、「今日赤い目薬くれって客が来てさ。困っちゃったよ、ヘンなおばさんで」と、話題になる可能性はある。

それはなぜかというと、ぼくが母の死後「赤い目薬」という言い方の部分を思い出すのと同じで、ここにその人固有のミステイクというか、固有の何かがあるからですね。

ぼくらはあんなにお互いを見張って、社会的に正しい情報を使おうぜと言い合っているのに、なぜ右の例にいくほど懐かしかったり、思い出されたりするのか。この両義性はいったいなんなんだ、ということですね。

4　コンタクトレンズではなく、蝶々の唇を探すNGな人

ぼくくらいの年齢の男性が、住宅地にしゃがんでじーっとしていますと、三十分くらいすると、おまわりさんが来る。多分、誰かが通報するんですよね。「平日の午後になんか中年の男性が道にしゃがんでいる。なんにもしていないんです」「なんにもしてない！　ふむ、怪しい」みたいな。

それでおまわりさんが来て、とてもていねいな口調で「何をなさっているんですか？」と。若者だと「何してんの」みたいに言われちゃいますけど、中年男性なので「何をなさっているんですか？」とか聞かれる。

それで「いやあ、コンタクトレンズ落としちゃって」って言うと「それはお困りですね。本官も一緒に探しましょう」みたいになる。一秒ですよ、一秒。「コ

ンタクトレンズ落として探しています」って言えば、おまわりさんも超オープンマインドで、味方になってくれる。

でもここで「ダンゴムシを探しています」って言うと相手の顔が曇《くも》りますね。「ダンゴムシ……」っていう感じに。そこで私が名刺を出して、なんとか大学の昆虫学の教授であると名乗ると、一応いい感じになります。「それは大変ですね」とか。

でもコンタクトレンズのときほどすっきりしない感じね。コンタクトレンズだと身元も聞かれずにすっきりしてもらえるのに、ダンゴムシだと、大学の偉い教授だという名刺を渡しても、一回くらい振り返って見られたりしますね。「ダンゴムシ?」っていう感じね。

で、最後に「蝶々《ちょうちょう》の唇を探しています」と答えるパターン。これはもうNG。完全にNG。それで「ちょっと署まで来ていただけませんか?」みたいになったときに、「いや、私は本を出している歌人なんだ」と言ったりしてもダメですね。

ということは、「歌人とか詩人とかいうことは、かなりNGだ」ということなんですよ。

読者とか講演会の参加者とかは、だいたいぼくの味方でしょ。だから人前でも先生みたいな感じでいられますけど、一歩、家や会場の外に出れば、社会的にはかなりNGなんですよ。いつも蝶々の昏のこととか考えているわけですから。だけど、ぼくは今日までそれで生きてきたんです。

今の話で、じゃあコンタクトレンズってなんなのか。コンタクトレンズ探すために生まれてきた人とか、コンタクトレンズをはめるために生まれてきた人なんて、いないんですよ。

それなのにコンタクトレンズがそんなに強いカードである理由は何か？

それは、コンタクトレンズはツールだから。何かするためには、何をするためにも、コンタクトレンズはなきゃ困るからってことなのね。

つまり「生きのびる」ためにはそれがないと困ると、万人がそう思っているものだから。

でもぼくらは、「生きのびる」ために生まれてきたわけじゃない。では何をするために生まれてきたのか。

それはですね、「生きる」ためと、ひとまず言っておきます。

言っておきますけど、それは「生きのびる」ための明確さに比べて、不明瞭なんです。「生きのびる」ためには、ご飯を食べて、睡眠をとって、お金稼いで、目が悪ければコンタクトレンズを入れて……しなきゃいけないでしょ、はっきりしているよね。だけど「生きる」ってことは、はっきりとはわからない。一人ひとり答えが違う。

しかも世の中には、「生きのびる人」と「生きる人」がいるわけじゃないしね。全員がまず「生きのび」ないと、「生きる」ことはできない。ぼくらの生の構造として、第一義的には、生命体としてサバイバルしないといけない。その一方で「生きのびる」ために「生きる」わけじゃない。けれども、じゃあなんのため？　と言われるとわからない。

5　課長代理は必要だけど、夫代理がいては困る世界

例えば、こんな言い方もよくするけど「新聞記者で詩人」みたいな人も、世の中にはいるわけです。ぼくは総務課長で歌人だったけど、ずっと。それで「新聞記者で詩人」という人は、会社では新聞記事を書いて、家では詩を書いている。同じ「言葉で文章を書く仕事」ですよね。

でも多分、違う言葉の使い方をしている。平たくいえば、今までぼくが左にあげたような、短歌としての改悪例のような言葉で、新聞記事を書いている。

「彼女の部屋は空き巣でも入ったかのようなそういう状態」とは書かない。「散らかっていたと書けよ」とデスクに言われてしまう。「なんだよこの思わせぶり

は」とか、言われてしまう。

だけど、おそらく彼は、そこで反論はしない。詩人の誇りをかけて、「いや詩としてはこちらのほうがいいです」みたいには言わないだろう。素直に直すだろう。雨は必ず「しとしと」とか「ざあざあ」とか降って、非常にユニークな擬音語では降ったりしないだろう。新聞記事の中では。

だけどいったん家に帰って詩を書くときは、そのような言語の体系を切り替える。つまり「生きのびる」ための言語体系から「生きる」ための言語体系に、シフトする。コンタクトレンズから蝶々《ちょうちょう》の唇に、言葉のチューニングを切り替える。ユニークに雨を降らせる。

そして実はぼくらは全員が、彼。ぼくらは全員が「新聞記者で詩人」だ、ということ。

よく学校の授業で、短歌や詩は非常に教えにくいって声が聞かれるけれど、それは当たり前だと思うな。

なぜ当たり前かというと、学校というのは基本的には言葉のベクトルをこれまで見てきた改悪例のほうに矯正するんだよね。

教育機関の主な役割は、まだ社会的存在として完成しきっていない子どもたちを社会化すること。だけど短歌や詩というのは、それに対してベクトルが逆なんだから。教えようとしても価値観が逆だから、「先生、さっきまで言ってたことと、ベクトルが違う」みたいな話になる。

短歌を作る人でも学校の先生って多いんですけど、大松達知さんの「生徒の名あまた呼びたるいちにちを終りて闇に妻の名を呼ぶ」という作品があって、これはすごくいい歌だなと思いましたね。

昼と夜ですよね。夜、闇《やみ》の中で妻の名前を呼ぶというのはなんかエロティックなことだと思うんだけど、その落差ね。

その大松先生に頼まれて、中学校に講演に行ったのね。そこで彼のその短歌を、紹介してあげたら、みんな喜んでました。

だけどぼくらは、全員が「昼と夜」「新聞記者と詩人」っていう両面を生きている。言葉に対する希望や期待というのは、その構造と非常にリンクしている。

例えば、ぼくもそういう名刺を持っていたことがあるけれど、課長代理っていう役職があったりする。

課長がもし心臓の発作で死んだら、次の日から課長代理が課長の役割をする。そういう意味だよね、課長代理って。そのことが、名刺にまで刷りこまれている。つまり、課長であれ、部長であれ、社長であれ、その人がいなくなったらその組織が成り立たないというような組織は、ダメなんだよね。社会においては。「生きのびる」という社会的価値観においては。

世の中には死の原則というのがあって、それはいつ誰がどんな順番で死ぬかわからないっていう、絶対法則。だから死ぬかもしれないんだ、課長であれ部長であれ社長であれね。そうなったときに課長代理が課長の役をやりますと、名刺に書かれている。

それは、社会的には当然のことでいいことなんだけど、じゃあ家庭には夫代理という人がいるのか。万が一、夫が死んだときには夫代理が夫の役を引き継ぎますって。それは困る。夫として困る。たまに三人でご飯を食べるんです、とかね。その一事をとっても、ぼくらは二重に生きているってことがわかりますよね。

会社では、自分が課長で課長代理が横の机にいても、全然困らない。いじめてやろうみたいには思わない。でも家庭では困る。それは、家庭においては、唯一無二の存在でありたいというように生きていて、会社では唯一無二の存在はないのだと。雨の降り方を、唯一無二の言葉で表現する新聞記事は、あってはいけないのだと。だけど短歌や詩は、唯一無二の言葉で表現することを目指す。

つまり、短歌は、課長より夫や妻に近い世界なんだよね。

そして、ぼくらはその両方の世界に生きているから、新聞記者の世界では新聞記者の言語で新聞記者の役割を、詩人の世界では詩人の言語で詩人の役割を機能させなきゃいけないんだけど、混乱しちゃう。会社や学校なんかで習ってきた社会的な言語のフレームが、短歌を作るときも、ぼくらを改悪例のほうに、「〝わたしの部屋はそういう状態〟って書くとわかってもらえないのかな、ちゃんと〝散らかっている〟って書かないと」って、無意識にもっていく。そういう心の声が、つい聞こえてしまうんだよね。

6　今

あのおばあさんは
どうしているのだろうか

あっ今日は老人ホームに行く日なり支度して待つ迎えの車　　相澤キヨ

火曜日は老人ホームに行く日なり支度して待つ迎えの車　　改悪例

これは、相澤キヨさんという、おそらくおばあさんだと思うんですが、五年くらい前に、日経新聞の短歌欄に投稿されてきた短歌なんですね。これを見て、お

もしろいなと思って新聞に載せました。

それでそのあと二、三首送ってくださったんですが、それっきり短歌が来なくなっちゃった。だからときどき、「あの人はどうしてるんだろう?」と思うんですよね。

で、この短歌を見たとき、どこがおもしろいと思ったかというと「あっ今日は」というところですね。もっというと「あっ」っていうところ。「あっ今日は老人ホームに行く日なり」って思ったから、そのまま書いた。

もし同じことを書こうとすると、多くの人はこういうふうには書かないんですよ。改悪例のようになる。「あっ今日は」って書く人はほとんどいない。なぜかっていうと、「短歌を新聞に送ろう」みたいな意識が当然あるから。だから、「〝あっ今日は〟って言われても、今日っていつのことかわからないだろうなあ」みたいに思う。すると、「私が老人ホームに行く日は火曜日って決まりだから、〝火曜日は老人ホームに行く日なり〟っていうふうに書いたほうがいいんじゃないかなあ」っていう意識の流れで、普通は改悪例のように書いちゃう。

だけど、もしも改悪例のような歌だったら、私はそもそも新聞に載せなかっただろうし、そのあと二、三首しか送ってこなかった人を、「今ごろどうしてるかな?」と思うことはなかったと思うんですよね。

「火曜日は老人ホームに行く日なり」って言ってきた人のことは、「あれっきり短歌来なくなっちゃったけど、どうしてるかな?」と思う気がしない。「あっ今日は」ってそのまま言ってきたおばあさんのことは、たまに気になる。それはなぜかというと、「共感した」ということですね、平たくいえば。

では、なぜ共感したのかというと、ぼくは老人ホームには行かないけど、「あっ今日は燃えるごみの日だ」とか「あっ今日は現代歌人協会の理事会の日だ」とか「あっ今日はテレビのコロンボの日だ」とかですね、しょっちゅうそんな感じで、忘れていたことを思い出すという心の動きが、ま、経験があるということですね。

だから、「ああ、同じだなと思う」という単純な理由なんだけれども、そこで本当に同じなのは何か?　ということを考えたいんですよね。

誰でも忘れていたことを何かの拍子に思い出すことがあるっていうのが、表面の理由。だけど、もうちょっと根本的に相澤さんとぼくの間には、共通するものがあるんじゃないのかってことなのね。結論からいうと「同じ船に乗って運命を共有してるんじゃないの？」ってことなんだけど。

性別は多分違うよね、年齢も多分違う、住んでる場所も違う、会ったこともない。だけどこの会ったこともないおばあさんと、ここでしゃべっているぼくは「同じ船に乗ってるんじゃないの？」っていう感じが、この「あっ今日は老人ホームに行く日なり」っていうのから感じとれる。

その意味は次の項で説明するけど、同じ船に乗っているから、会ったこともない生きてる時代も違う人の短歌に共感できるし、万葉集や古今集の時代から短歌が作り続けられているんだよね。

7　死を恐れるぼくらは、短歌を作り、飲み会の席を選ぶ

相澤さんというおばあさんとぼくが、「同じ船に乗ってるんじゃないの？」って言ったときの「船」とは、命ってことなんですよね。相澤さんも生きているし、ぼくも生きている。

別の言い方をすると、いつかは必ず「死すべき運命」というものを共有している。相澤さんもいつか死ぬし、ぼくも死ぬ。

けれども、これが不思議で、歳《とし》をとった者から順番に死ぬわけではない。健康な者が長く生きるわけでもない。いつか死ぬということは、まあ確かなんだけど、誰がどこでどんなふうに死ぬかは、全然わからない。

統計的には、年寄りのほうが先に死ぬし、体が弱い人のほうが先に死ぬし、危

険な職業の人のほうが先に死ぬし、女より男のほうが先に死ぬけど、それはやっぱり統計でしかなくて、死の本質というのは、そうじゃない。いつ誰がどこでどんなふうに死ぬか、全然わからない。

万人が死すべき運命を共有しているといっても、じゃあ赤ん坊はどうなんだ？　赤ん坊も同じ船に乗っているよね。赤ん坊のほうが、ぼくより長生きだとは限らない。でも、赤ん坊とぼくとでは、決定的に違うところがある。それは、赤ん坊はまだその運命を知らない、「自分が死ぬ」ってことを、知らないってところ。

誰でもそうだと思うんだけどさ、「自分も死ぬ」ということを、幼児くらいのころにかなり長い時間をかけて、ちょっとずつ理解していくじゃない？　おじいちゃんに向かって、「おじいちゃんはいつ死ぬの？」なんて聞いたりしてさ。死というものがわからないからね。母親や父親やおじいちゃんなんかに、とんでもないことを言ったりしながら、自分もどうも死ぬらしいということを、もやもやとちょっとずつ理解していくプロセスってありましたよね。

だから、赤ん坊はまだ、そんなこと知らない。言葉もないしね。

ちっちゃい子どもはさ、ときどき車道に全力で飛び出していったりするじゃん。

あれを見るとぼくは、なんかヘンな憧《あこが》れを感じてさ。「なんてかっこいいんだ！」みたいに思うときがありますけど、ぼくには、とてもできないですね。車道に思いっきり飛び出すっていうのは。

だって知ってるからね、それヤバイって。知ってるっていっても、試して知ってるわけじゃないですよ、飛び出したことないからさ。

しかも車道に飛び出さないだけじゃないですよ。

ぼくはさ、飲み会なんかのときに、簡単に席には座らないよ。もう、ちょっとでも楽しそうな席を探す。だからなかなか先に座らない、人に先に座らせる。

いいヤツと嫌なヤツがいれば、いいヤツのそばで。かわいくて感じが良くて、ぼくに好意をもっている子が、一番いいんだけど。

それは瞬時の、すごい計算。全体を見て、隣だとあまりに狙いが見え見えだから一個ぐらい間をおいておこうとか、斜め前が意外と話しやすいとか、いろいろ考える。

これは何かというと、死を避ける気持ちね。

いや、飲み会で死にはしないよ。死にはしないけど、先輩に二時間地獄のような説教をくらうとか、後輩に二時間不毛な悩みをずっと打ち明けられるとか、小さな死だよね、あれは。だからぼくは、「ここも車道だ、ここも戦場だ」って思って、すごい真剣に、いったん座りかけたのを、トイレに行くふりをしてカードを切り直したりして、頑張る。

だけど、ときどきさ、何にも考えずにスッと座るヤツを見ると、「なんてかっこいいんだ！」って思う。車道に飛び出す幼児を見たときの、死を恐れない感じ。「わあ、あんな説教の先輩と愚痴の後輩の間に、あっさり座った彼ってすごい。俺が女ならあいつとつき合う」みたいな、倒錯したヘンなコンプレックス。小さな死ですよ、これ。

それと同じで「あっ今日は老人ホームに行く日なり」っていうのは、小さな死の感覚です。老人ホームに行くのを忘れている。燃えるゴミの日を忘れている。現代歌人協会の理事会をすっぽかしちゃう。テレビの刑事コロンボを見逃しちゃう。飲み会で先輩に説教される。後輩の愚痴を聞かされる。ぼくらはそれを、小さな死と認識していて、できるだけ避けようとする。

「あっ今日は老人ホームに行く日なり」から感じられるあぶないところだったたっ

て感覚が「火曜日は老人ホームに行く日なり」にはない。ここからは死すべき運命の共有が感じられない。「火曜日」とすることで、死すべき運命を背負った個人の肉声ではなくて、社会化された情報になっている。純粋に個人的な体験である死の慄《おのの》きにこそ「生きる」感覚が宿るのであって、万人が「生きのびる」ために有益な情報は短歌には不要なんだよね。

赤ちゃんは本物の死ですら恐れないですけど、ぼくなんてシャツの胸のボタン何個開けるかまで迷う。

「ボタン、何個開けるのがかっこいいかな?」と妻に聞いて「何個でもいいんじゃない」と言われたりして。

胸のボタンを何個開けるかなんて、小さいことだよね。でも、テレビで三つ以上開けてる人見ると、「ああ、あの人と友達になりたくない」とか生々しく思うんだよね。店に入って、店の人に大きな声で話しかける人とも友達になりたくない。

これはみんなつながっていると、ぼくは思うんですよ。非常に小さなことから大きなことまで言っているようですけれど、実はひとつのことを言っています。

ぼくらはみんな、死すべき運命を共有している。だから、それによって照らしだされる歌を読んで、会ったこともないおばあさんのことを思い出したり、女の子の部屋のぐちゃぐちゃさを想像したり、千年前の人の気持ちがわかったりする。

短歌の価値、おもしろさっていうのは、そこに宿ってると思う。

第二講

短歌の中では、日常とものの価値が反転していく

1 ステーキより、鯛焼きのばりが価値をもつ世界

鯛焼の縁のばりなど面白きもののある世を父は去りたり

高野公彦

ほっかほかの鯛焼きなど面白きもののある世を父は去りたり

改悪例1

霜降りのレアステーキなど面白きもののある世を父は去りたり

改悪例2

お父さん死んだんだよね。で、そのお父さんの死を悼《いた》んでいる歌で、「鯛焼《たいや》きの縁のばりみたいなものを、もうおやじは食えなくなっちまったんだなあ」っていう。

奇妙な歌ですね。

普通、多くの人が作るのは、改悪例1のような歌ですね。「おやじ酒飲めなかったけど、鯛焼き好きでよく食ってたけど、もう食えなくなっちまったなあ」とか。

だけど、たまにこの改悪例2のような歌を作る人がいる。

どういう人かというと、昨日まで営業部長をやっていたけど、定年になったから短歌でも作ってみようかなと思って短歌を作り始めたおじさん。

昨日までいた世界の価値観に、まだひっぱられているのね。霜降《しもふ》りのステーキがいいものだという。

いや、霜降りのステーキは実際にいいもので、ぼくも三者択一でこの中から選ぶなら、霜降りのステーキを選ぶけれども、それは生身だから選ぶんであって、短歌的には、それはぜんぜん違う。

だから社会的には取引先のお客さんに向かって、「霜降りのステーキがおいしい店があるんですけど、今度行きませんか?」って言うのはOK。「鯛焼きのおいしい店があるんですけど、これ差し入れです」と。これはこれでなんかいい感じですよね。

でも、「ちょっと残業のお供に」とか言って差し出して、相手が包みを開けるとなんかせんべい状のものが入っていて、「これせんべいだと思うでしょ、でもばり。鯛焼きのばりなんです、ばり」とか言うと、もうかなり出世は望めない。会社をやめて詩人になったってうわさを聞くと、さもありなんって思われる。

だからみんな、わかってる。このベクトルは。

ということは、短歌においては、非常に図式化していえば、社会的に価値のあるもの、正しいもの、値段のつくもの、名前のあるもの、強いもの、大きいもの。これが全部、NGになる。社会的に価値のないもの、換金できないもの、名前のないもの、しょうもないもの、ヘンなもの、弱いもののほうがいい。

そのことを、短歌を作る人はみんな経験的によく知っているので、鯛焼きのばり、りみたいなものを、短歌に詠《よ》むわけです。

2 ほこりまみれの鳥籠に「それ以上の感情」が宿る

少年の君が作りし鳥籠のほこりまみれを蔵より出だす

佐藤恵子

少年の君が描きて金賞を得たる絵画を蔵より出だす

改悪例1

少年の君が描きし「だいすきなおかあさんのかお」を蔵より出だす

改悪例2

もう今は大きくなっちゃった男の人。子どものころ、学校の宿題かなんかで作ったのかなあ。それとも鳥を飼うのに自分で作ったのかな。そのほこりまみれの鳥籠《とりかご》が、蔵《くら》から出てきた、という短歌ね。

売れませんよ、その鳥籠。古道具屋に行っても。だけど短歌は、こういう作りのもので、改悪例1みたいには、書いちゃいけない。

「何いばってんだよっ」て感じ。みんな知りませんから、他人の家の子どもの絵が金賞かどうかなんて。

じゃ、改悪例2はどうなの？

いいように見える。けれども、ダメですね、やっぱり。

これはつまり、ラベリングなんです。金賞を得たっていうこの世の価値が、それ以上の価値をせき止めてしまう。同様に子どもに「だいすきなおかあさんのかお」という絵を描かれて「うれしい」という、その母として当然の感情が、「それ以上の感情」をせき止めてしまう。

でも短歌は、「それ以上の感情」を求めるものなんです。

それじゃ、ほこりまみれの鳥籠のどこに「それ以上の感情」があるんだ、ということなんだけど。例えばそのとき、結局鳥は逃げちゃったのかもしれない。遊ぼうと思って鳥籠を開けたとき、鳥は逃げちゃって、その少年はがっかりした、というようなことがあったのかもしれない。あるいは、死んでしまったのかもしれない。そしてとても嘆く少年を、母親は慰めたのかもしれない。

このように、ここからは世界が展開する。「それ以上の感情」があふれる余地があるんです。

3　「どうでもよさ」の微妙なグラデーションを見分ける

灯の下に消しゴムのかすを集めつつ冬の雷短きを聞く
河野裕子

灯の下の文字に消しゴムをかけながら冬の雷短きを聞く
改悪例1

灯の下に鉛筆の文字を記しつつ冬の雷短きを聞く
改悪例2

なんか書きものをしていて、消しゴムで消したかすを集めているときに雷がなった、という歌ね。

これはこの形で見ると何も感じないんだけど、実はいろんな形で書かれる可能性があったと思うのね。改悪例1のようになる可能性もあったと思うし、改悪例2みたいになった可能性もある。

だけど、原作が一番いい。そして改悪例2よりは1のほうが、短歌としてはいい。その理由は、ここまで言ってきた原則が、ここにも当てはまるから。

鉛筆で文字を書いて消しゴムをかけてそのかすを集める、という非常に微妙な一連の動作の中で、社会的価値が薄いものはどれか。

「鉛筆で文字を書く」というのは、ひょっとしたら、その内容が傑作かもしれないから価値あり。

「消しゴムをかける」というのは、急いでいるときはぴっぴと線を引いて書き直しちゃうこともあるくらいで、それほど価値はないかもしれない。

でも「かすを集める」のは、もっとどうでもいいよね。かすなんて「ふっ」て吹いちゃったり、吹きさえしないときもある。

だから作者は、あえて「最もどうでもいい動作」をしたときに「雷が鳴った」っていう書き方をしている。

高野さんの「鯛焼きの縁のばり」と「霜降りのレアステーキ」だと、あきらかに「霜降りのレアステーキ」のほうが社会的な価値が高いんだけど、河野裕子さんのこの三首だと、原作＜改悪例1＜改悪例2の順で生産性が高いということが、ぱっと見ただけでは、わかりにくいよね。

4　愛の告白も短歌も、欠点を愛することが大切

「煤」「スイス」「スターバックス」「すりガラス」「すぐむきになるきみがすきです」　やすたけまり

「煤」「スイス」「スターバックス」「すりガラス」「すてきなえがおのきみがすきです」　改悪例

これはしりとりですね。しかもただのしりとりじゃなくて、「す」を「す」で返す非常に意地悪な形ですね。そしてしりとりの形をした短歌。

改悪例のほうがダメな歌。原作のほうがいい歌。なぜかというと、改悪例のほうが社会的な価値に結びついているから。

ここでいう社会的な価値とは何かというと、「すてきなえがお」。その証拠に、写真撮ったりするとき、笑えって言われるじゃないですか。写真の中の人はほとんど笑ってますよね。それは「社会的に承認された価値」っていうことなんです。

それが短歌の中では、反転する。

「すぐむきになる」というのは、社会的にはマイナス。欠点。会社とかで、すぐむきになる人とは、一緒に仕事したくない。すてきなえがおの人とは、一緒に仕事したい。

だけど、愛の告白として有効なのは原作のほう。「すてきなえがおのきみがすきです」と言われても、「すてきなえがおはみんなが好きです」って思うけど、「すぐむきになるきみがすきです」って言われると、ちょっとぐっとくる。

なぜかというと、すぐむきになるというのは、欠点だから。「この人、私の欠点も愛してくれるんだ」みたいな流れですね。

もうひとつは、これ、実際に短歌の中でむきになっているからね。「煤」「スイス」「スターバックス」って、しりとりに負けまいとして。

「今まさにしりとりで負けまいとしてむきになっている君が好きです」って言いながら、戦いはまだ続いていく。だからこれは、非常にテクニカルな短歌です。

これ、今、言葉で説明しているから長いけど、直感的に、どっちがいい短歌で、どっちが愛の告白として有効か、わかりますよね。

5　「昭和」には、ボブやだーだーおじさんがいた

短歌の中では、日常とものの価値はずれていく。それは「生きる」と「生きのびる」の二重性に関係している、という話です。

それぞれにつながる二種類の言葉で、ぼくらは生きているんだけれど、今の動向を見ると、圧倒的に社会化された「生きのびる」ための言語の強制力が強いですね。非常に強い。

存在としてもそう。三十年前は、中年男性が住宅地にしゃがんでいても、おまわりさん来なかったと思うけどねえ。

ぼくが子どものころなんて、どこの町にもなんかよくわからない、有名な、ヘンなおじさんみたいな人がいた。

ぼくの町には、「ボブ」っていう人と「だーだーおじさん」という人がいて。ボブっていうのはボブカットだからボブって言われていて、だーだーおじさんっていうのは、「だーだー」って言ってるからだーだーおじさんって言われていた。それでぼくたちが野球やってると、「やらせろ、俺にも打たせろ」ってやってきて、「俺、巨人の二軍にいたんだ」とか、言う。一軍だと嘘《うそ》がバレるから。それでバットを渡すと、三振したのにもう一度打とうとするんだよね。だから「なんかこの人はちょっとな」というのは、子ども心にも思っていたけれども、一応共存できてたね。

バット渡したからって、いきなり自分の頭を割られるような感じはなかったし、実際そんなことなかったんだろうなと思うんだけど、今はダメでしょ。そもそも、空き地で野球なんてやってないけど。

そんな、だーだーおじさんやボブにあたる人は、みんなどうなっちゃったんだ？

ぼくなんかが、その進化形ですね。だーだーおじさんやボブの。おまわりさんが近づくと、さっと仮面をかぶって、ボブでないふりをする。そうなれなかった純正ボブたちは、多分、どっかにやられちゃってんだと思うのね。だからぼくらは、ある意味精度が高くなった世界に生きているし、よりいっそう追い詰められているし、厳しい。父親と話したりしていると、やっぱり言うことがゆるい。今それじゃ通用しないだろうなってこと言うからね。昭和だよ、それはって。

次の歌なんかは、すごくその変化を感じるんだけど。

6 録音の声しかしない駅は、平和でいいんだけど

録音でない駅員のこゑがする駅はなにかが起きてゐる駅

本多真弓

意味わかります？　ちょっと考えてみてください。この歌何を言ってるのか？

録音でない駅員の声、普通の声、肉声、生の声。それがしている駅は、何かが起きている駅。

何かが起きているって何？

事故とか、事件とか、いいことじゃない、悪いことだよね。

事件とか事故とか、イレギュラーな不測の事態が起きている。それに対応するときだけ、生の人間の声が、駅からは聞こえる。

ということは、逆に考えると、順調な駅、何も起きていない駅、平和な駅、平穏な駅は、肉声が一切聞こえない。録音の駅員の声しか聞こえない。

ぼくらの世界はそうなっていて、なぜそうなったかというと、それを望んだからね。みんなが合意したから。肉声とかなくても回っていくような社会にしましょうと。

そして合意した結果、そのような状態がかなり実現できてきて、ずっと録音で回っている。で、肉声が耳に入ると、何かあったなってことが、初めて意識される。

そのような二十一世紀を、作り出したわけですね、ぼくたちは。それはとても便利でいいんだけど、同時になんかそのことに追い詰められる、みたいな二重性がある。

これは何かというと、ここまで再三言っている、ふたつの世界を生きているぼくらのうちの、片方の「生きのびる」ほうの世界のぼくたちが、全員で合意して、世界をかなりそっちのほうにもっていったのね。そのために、自分の心の中にいる、部長じゃないほうの俺、つまり夫のほうの俺、新聞記者じゃないほうの俺、詩人のほうの俺が苦しくなっちゃった。部長のほうの俺にとっては、新聞記者の俺にとっては、録音でない声がしない駅のほうが平和でいいんだけど、もう一人の自分は、どこかそれが苦しい。

肉声のほうがイレギュラーっていう逆転に適応しきれないんだね。

7
火星に行けない
迷子のおじいさんは
ダメな人なのか

たはやすく宇宙よりかえる人のあり夕焼に家見失ふ人あり
潮田清

よく宇宙飛行士って、テレビに出てきたりするじゃん。いろいろ訓練をして宇宙に行って無事帰還しましたって、ニュースになりますよね。

もちろんそれ、簡単に帰ってきたんじゃなくて、ものすごく優秀な人が頑張りに頑張って、ミッションを果たして帰ってきてる。だけど、まあ、成功するわけですよ。それでテレビでにっこりして、子どもたちに夢を与えたりなんかしてるんだよね。

だけど、この短歌は「まるで軽々と宇宙から帰還する人がいる、その一方で夕焼けに家を見失う人がいる」、これは何かっていうと、まあ、なんか夕焼けの中に家が溶け込んでしまうような感覚のことを言っている。ぼくたちは完全には見失わないけど、でも、例えば、高齢の人が迷子になって、放送が流れたりしていますよね。この歌の作者だともう八十代だから、そういう体感もあるのかもしれないな、って思いますけど。

そのとき、ぼくがこの歌を読んで思うのは、「夕焼に家見失ふ人あり」という言葉の美しさ、みたいなものですかね。宇宙から堂々と帰ってきた人よりも、夕焼けに家を見失ってしまうという不安感や、何かそういうものに自分がひっぱられるというか。

この短歌の主眼は、あきらかにそっちのほうにあるよね。対比してるんだけど。ぼくらが子どものころはアポロ計画とか、すごかったんだけど。まあ今も、火星に行ったり、そういう方向ですよね、社会全体が。

だけど、夕焼けに家を見失う人のほうはどうなる？　それは、家もわかんなくなっちゃう単にダメな人ってことでいいのか？
ふたつの価値観の、かたっぽのほうね。

8　使用前と使用後、どちらのくす玉に詩は宿るのか

くす玉の残骸を片付ける人を見た　　又吉直樹

朝露で濡れた盆踊り会場　　せきしろ

又吉直樹さんという人は、お笑いの芸人さんなんだけど、自由律俳句を書いていて、とても上手いのね。

くす玉ってさ、割れることが価値じゃん。つうか、割れる瞬間だよね。割れる前も割れた後も価値なくて、割れる一瞬に価値が集約されてる、非常に特殊なものだよね。

　割れる前はまだ、「割れる」という役割があるから、価値は失っていないけれど。あの中に価値が詰まっているから。だけど割れちゃった後はさ、限りなくゴミ、っていうかゴミだよね。

　だから、くす玉って社会的には割れる瞬間までの存在。でも、物理的には割れたあとも存在してるんだよ。

　で、又吉さんがすごいのは、くす玉の残骸《ざんがい》を片付ける人を見てることなんだよね。つまり彼は、徹底的にふたつの世界の、宇宙飛行士側じゃないほうにいる。そっちに意識のいく人で、くす玉の残骸片付ける人ばっかり見ちゃう。くす玉は見ない。

　次のせきしろさんっていうのも、文筆家の人で、又吉さんと一緒に本を出している方です。

　こちらの句も同じですよ。

朝露《あさつゆ》で濡《ぬ》れた盆踊り会場は、社会的にはぜんぜん意味がないよね。盆踊り会場って、盆踊りするための会場。だけど朝露だからもう盆踊りは終わっていてあとはバラすだけ。

なんか、その人のタイプによるんだけど、ぼくなんかだと盆踊りとかひどく怖いから、行かないからね。「くす玉ひっぱってってください」とか言われたら、ぼくがひっぱったら絶対割れない気がするから、断るけどね。だけど朝露をさわってみたりはするわけ。じゃーっとかって。

そういうことですね。ふたつの世界のどこに、詩は宿るかっていう。

9 家がわからなくなったことに美しさを見出す感受性

部長さんとか新聞記者とか宇宙飛行士とか、学校でこうしろって言われる、ある社会的な価値を支える言葉。そっちを悪いものみたいに言っているけどね、それは悪いものじゃない。それがないとぼくらはみんな死んじゃうからね。「生きのびる」ためにみんなで合意して頑張ってそっちを支えているもの、です。ただ、強調したいのは、「その逆の価値はどうなるんだ?」「割れたあとのくす玉どうなるんだ?」ってことです。

宇宙飛行士が歳《とし》とって、ぼけて自分の家に帰れなくなっちゃったとき、月にまで行ったあの人が家を見失うっていうのは、ただいけない、ただ機能が劣化したってことなのか。なんかそこに美しさってものを見出さなくていいのかってことです。

宇宙に行った人は確かにすごかったけど、その人がぼけて、夕焼けで家がわからなくなってしまったことの中にも美しさを見出す感受性がないといけないんじゃないのか？　っていう……主張。

「わたしたちってとても小さい」って言う女の子より、「わたしたちってかわいい大きさ」って言う女の子とのほうがつき合いたいんじゃないのかっていう、まあ、個人的な気持ちですよね。

第三講

いい短歌とは、生きることに貼りつく短歌

1 「生きるってなんなの？」の答えを求めて「じょんじゃぴょん」

つい、「生きのびる」ことと「生きる」ことが、逆向きのように言ってしまうんですけど、違うんですね。非対称なんです。「生きのびる」の上に「生きる」がのっているということでもあるし、ぴったり正反対にはならないんです。

例えば、「生きのびるために何が必要か」ということは、非常に明確。それが言葉にも反映されていて、「まず結論から申しますと○○です。理由は三つあります。一、××、二、△△、三、□□」とか、あるいは、「5W1Hを文章の中に入れなさい」とか、わかりやすいルールが存在する。それは「生きのびる」という目的の明確さに、言葉がそのまま寄り添った結果なわけですね。

ところが、「生きのびるために生きているわけじゃない」、「じゃあ、なんのために生きてるんだろ？」「生きるってなんなの？」って言ったときに、今度はよくわかりません。即答することが難しい。

一人ひとり違うってことは、多分言える。でも、それに貼《は》りつくような言葉のほうは、「生きる言葉ってなんなの？」っていうことを、ひと言でまとめることができない。ただぼくらがかなりいろんな形で、その答えを求めようとすることだけは確かです。

答えとしてひとつあるのは、「生きのびる」ことと「生きる」ことを、同一視するような生き方。会社で出世することを生きがいにする、みたいなね。量的拡大を「生きる」ことの目的にする。天下統一とか。今、まあ、武力で天下統一することとあんまりないと思うけど、でもビジネス上ではそういう発想ありますよね。これだと、「生きのびる」ゲームが続いている間は、「生きる」実感がついてくる。でも、ずっと勝ち続けないと「生きる」ことにならない、という厳しさがある。負けたときどうするの？

もうひとつ、よくあるのは、恋愛とか旅行とかギャンブルみたいなジャンルに、生きがいを求めることね。このジャンルは「生きのびる」ことが、社会的なフレームが、弱まる時空間ですよね。職場にいるときなんかに比べて。昼間学校で生徒の名前呼んで夜闇《やみ》の中で妻の名前呼ぶ、みたいな。

まあ、そういう感じで、この種の特殊空間においては「生きる」モードが高まるので、ぼくらは「生きのびる」世界から束《つか》の間《ま》の脱出を試みる。例えば「ああ、旅行したいなあ」とか会社で思ったりして。

そのようなシチュエーションを思い浮かべると、「生きる」ことの言葉への影響も、ぼんやりと、「生きのびる」ほどではないんだけど、見えてくる。

これは、よくぼくが言う例なんだけど、恋人同士が密室で、お互いのことをすごく恥ずかしい名前で呼び合うでしょ。って言うと、「やりません」って言う人もいて、話が難しい。東直子さんっていう友人が、「そんなことしたことない。穂村さんはおかしい」って言うんだけど、そうかなあ。

まあ一例ですけど、例えばぼくのことを最初「穂村さん」って言ってた人が、恋愛関係になると「弘さん」になって、「ひろくん」になって、「ひろぴょん」とかなってとうとう「じょんじゃぴょん」とかになる。同時に相手のこともそうやって変形していく。

じゃあ、なぜそうなるか、わかります？「じょんじゃぴょん」とか、本名より長いしね。本名より長いから効率的じゃないしね。しかも誰のことかわからない。でも、だからなんだよね。非効率的で、それが誰をさすのか、自分だけにしかわからない。唯一無二の呼び方。その人をそう呼ぶのはこの世で自分だけ、というこの甘美さを無意識のうちに求めて、言葉をそのように変形させていく。

あるいは、言葉ってわけじゃないけど、例えば、月曜の会社での会議のときに、グラスに水滴がついていて、それが会議机に垂れていると非常にげんなりして、紙ナプキンでふいたりなんかしますね。

ところが同じ自分が、夏休みになってベトナムとかに遊びに行ってマンゴージュースとか頼んで、水滴がこうダラッダラにテーブルに垂れているのを見ると、すごいテンションが上がる。あー来たなあベトナムに、みたいなことを感じる。

同じ水滴を、同じ人間が同じように見て、なんでテンションが上がったり下がったりするのか。

月曜の夜、会社帰りに月がきれいだと逆にムッとしたりしますね。月になんの罪もないんだけど。「見てる余裕ないし」みたいな。金曜だと、「あーお月さまきれいねえ」みたいな、こう余裕がある。月を見る余裕がある。

会社で一番仕事に追い詰められていたときに、思ったのは、今、目の前に火星人が現れても、「あー、今それどころじゃないから」って言いそうだなって。本当はこれ以上、それどころなことはないんだよね、目の前に火星人が来るって。だけど頭の中が今日の打ち合わせまでにやらなきゃいけないことでいっぱいになっていると、「ちょっと他の人のところに行ってくれない？」みたいな。

そんなわけで、非効率、無意味、お金にならないもの、つまり「生きる」ということに貼りつく言葉が短歌ではどんな形をとるのか、っていう実例をちょっと見ていきたい。だから「いい短歌」ってことなんだけど。

2　熱海の四畳半にて、女の人とこたつとミカンとコロッケと

暴王ネロ柘榴を食ひて死にたりと異説のあらば美しきかな　葛原妙子

暴王ネロってヤツが柘榴《ざくろ》を食べたとき、柘榴をのどに詰まらせたのか、それにあたったのかして死んだのだという、そういう伝承があったとしたら、それは美しいって歌なんだけど。実際にどういうふうにして死んだのかは、知らない。諸説あるみたいだけど。

つまりこれは、例えば民衆によって殺されるとか、戦争で殺されるとかいう死

に比べて、柘榴で死んだってほうが美しいって価値観の提示。

それはなぜなのか。

柘榴に象徴的な何か、神話的な何かがあるっていう説もあるみたいだけど、仮にそういうものが一切ないとしても、美しいという意見はゆるがない。

つまりこれは、社会的な要素がないってことなんだよね、柘榴を食うってことに。

戦争とか暗殺とかそういうのは、結局、社会的な死でしょう。別に柘榴はネロを殺そうとしたわけじゃないし。勝手に柘榴食って死んじゃった。ま、犬死だよね。柘榴死。その美しさ、みたいな。

ものすごく頑張って頑張って頑張っている最中に死ぬのがかっこいいって考え方がある一方で、今持っているものをみんな捨てて熱海《あたみ》とかに四畳半を借りて、そこで知り合った女の人とこたつに入ってミカンとか食ったらどうかなあっていう想像とかをすることがあって。その人にお惣菜屋《そうざいや》さんで働いてもらって、ぼくが自転車で夕方になると迎えに行って、その日のお惣菜の残り物を貰ってもらって、それを二人で食べる、うっとり、みたいな。

今よりもまあ、社会的にも金銭的にも、NG。ダメなわけだけど、そうじゃない、ヘンなうっとり感みたいのがある。それで「またコロッケかあ。なんでコロッケばっかり残るんだろうね」とか、自転車の後ろに向かって言ってみたい。ってことですね。

3 地球存続の観点からいうと、会社より詩歌のほうが重要

私《わたくし》は日本狼アレルギーかもしれないがもう分からない　田中有芽子

猫アレルギーならわかるんですよね。猫にさわれば、症状出るから。日本狼《にほんおおかみ》アレルギーかどうかはわからない。なぜかというと、もう日本狼は絶滅してしまって、いないから。

会社の会議の休憩時間に、「部長、私、猫アレルギーなんですよ」って言うと、部長も「それは大変だね、実はうちの奥さんも……」とかいう話になるかもしれ

ない。でも、「部長、私、日本狼アレルギーかもしれないんですけどね、もうわからないんですよ」とか言うと、部長は多分「……」となって、「こいつはダメだ」とかって思う。

つまり部長にはちゃんと部長レーダーというものがあって、その人の言葉から、その人がどの程度社会内の存在かをちゃんと感知することができる。猫アレルギーだって話しかける人はＯＫ、日本狼アレルギーかもって言う人はＮＧ。だけど、詩としては、短歌としては、すばらしい。

何がすばらしいのかっていうと、詩や短歌には、詩や短歌の価値観、言い分というものがあってね。

部長にとっては、なぜ日本狼アレルギーがどうでもいいことかというと、もういないからね、日本狼は。「いないものについて考えても時間のロスで、会社の業績には寄与しない。だから日本狼アレルギーかどうかなんて考えることに、一秒でも時間を使う必要はない」というのが、社会化された価値観の思考パターンね。

だけど、詩歌《しいか》の思考パターンというのはそうじゃなくて。「話は逆である。多くの人がその部長のように考えるようになったから、日本から日本狼は消えたんだ。今その思考パターンを変えないと、猫も消えるし、犬も消えるぞ。現に野良犬はもう消えた」みたいなかたちね。

私が子どものころ、野良犬っていましたけど、今、野良犬っていない。なぜいないかっていうと、人間の生存にとって、「生きのびる」にとって、不都合だからね。だから野良犬は消された。

野良猫はまだかろうじて生き残っている。なぜいるかというと、毒とかないしね。嚙《か》んでもなかなか人間を殺すだけのパワーはないし、けっこうかわいかったりするし、猫おばさんが守るし。というようなことなんだよね。野良犬、野良猫の次はホームレスや生活保護の人が消されるかもしれない。

ある本質論までいくと、詩歌には詩歌の言い分があるわけで。地球を存続させるという観点からは、会社より詩歌のほうが重要なんだっていうね。極論がありうる。

4　祖母への、父たちへの、リスペクト

ひも状のものが剝けたりするでしょうバナナのあれも食べている祖母
廣西昌也

バナナのね、皮でも身でもない柔らかいジッパーみたいな部分、ひも状の。あれについて話し合ったことないでしょ。「おまえあれどうしてるの？」「俺はね、食うよ。男だから食う」とか、そういうこと言ったことないでしょ。

作中のおばあちゃんは、あれを迷いなく食べる。それをちらっと見て、「うちのおばあちゃんはあれを身だと思っているなあ」と。

それはおばあちゃんを批判しているんじゃない。尊敬している。おばあちゃんが生きてきた時間というものをリスペクトしている。うちのおばあちゃんはあれを迷いなく食べるような人生を生きてきたんだって。そんなことはどこにも書いていないけど、作者はそのおばあちゃんを愛している。

うちの父も、もう八十を過ぎているけど、ときどき一緒にご飯を食べたりする。それでおいしいおかずがあったりすると、「これもおいしいから食べなよ」とか父に言ったりする。すると父は必ず「どら」って言いながら箸《はし》をのばす。そのとき「お父さんそれ〝どれ〟だよ、〝どら〟じゃないよ」って思っていたね、三十年前くらいまでは。「どれって言ってくんないかな」って。同じラ行で一音の違いだよね。

でも今では感じ方が変わった。「もうどんどん〝どら〟って言ってくださいお父さん、一日でも長く〝どら〟を聞きたいです」って。

父は炭鉱夫でね。夕張の炭鉱で働いていて、体にすごい傷がある。ぼくみたいな軟弱なタイプじゃなくて、炭鉱の技師ですから、もちろん「どら」なんです。彼は「どれ」なんて夢にも思わないわけです。もはやある時期からそういう父に憧《あこが》れをね、感じるようになった。

彼にとっては洋服なんて、もう防寒具ですよね。今なかなかいないでしょ、洋服が防寒具の人。それで銀座とか連れてってご飯食べると、ドアマンと話し込んじゃう。「ありがとう!」とか言って。開けてくれてありがとうって。ドアマンは仕事で開閉しているなんて知らないからね。昔は恥ずかしかったけど、あるときから、これ実はかっこいいんじゃないかって思い始めた。

お父さんを詠《うた》った短歌で、「おお、これは立派なもんじゃ」コンビニの弁当殻を父は讃えつ」という伊藤亮さんの歌がある。

ぼくらは「コンビニでいいや」ってなんか言うじゃない。「で」っていう助詞ね。コンビニがないとすごく困るくせに、なんでそんなに上から目線なんだって感じだけど。

お父さんにはそのコンビニ差別がない。ひょっとしたらコンビニって知らないかもしれない。

だからさ、コンビニ「で」っていうフィルターを外してみたら、すごいんだよ。あそこにあるおにぎりとか、弁当とかも工夫に工夫を重ねていて、たいしたもんなんですよ、ほんとに。それをお父さんは「おお、これは立派なもんじゃ」って、大声で言ったっていう。

思春期の子どもだったら恥ずかしいよね。親がコンビニでそんなこと言ったら。でもぼくぐらいの歳《とし》になると、逆にこう「さすが戦前生まれ！」みたいな、そういう感慨が生まれる。もちろん息子に対する気遣いもあるんだろうけど。

ぼくらがコンビニに対して上から目線になるのは、追い詰められているからですね。駅で肉声が聞こえることがイレギュラーになるような、究極まで洗練に洗練を重ねた、社会の効率化に。

コンビニってその城じゃん、かたまりじゃん。

自分たちで望んでそうしたくせに、その効率のかたまりのようなコンビニに行くと、なんか圧迫されてそうなるわけですよね。

5　内なるコンビニ的圧力との戦い

あのこ紙パックジュースをストローの穴からストローなしで飲み干す
盛田志保子

お一人様三点限りと言われても私は二点でピタリと止めた
田中澄子

よくぼくが講演なんかで話すのは、パックの飲み物ね。四角いやつ。穴のところにビニールの膜があって、二段階式のストローがついていて、あれを伸ばしてプスッと挿して飲むやつ。あれを飲むたびに思うことがある。高倉健もこれを飲むだろうかと。

高倉健に一回だけなんでも聞いていいという機会があったら、ぼくは「コンビニ行きますか?」だと思うんだけど。実際テレビでSMAPの誰かがそう聞いてどきどきしました。健さんうまくごまかしてたけど。

勝海舟は一回もコンビニ行かなかったでしょ。坂本龍馬も沖田総司も行かなかった。だから彼らは無傷なわけですね。

ぼくらはもはやコンビニから逃れられないでしょ。コンビニないとこに行くほうが大変ですよ。島にだってありますからね。つながってないように見えて、つながっているんでしょうね。

じゃあパックのジュースはいけないのか。飲むたびにみじめな気持ちになるなら、飲むなよって話になるんだけど。でもあれは多分、我々の「生きのびる」ための知恵を、その粋を集めた形態だよね。衛生とか輸送とか保管とかすべての面で最良なんでしょう。「生きのびる」ために最良の形だと、結論が出ている。三角のテトラパックとかガラスの牛乳瓶、もう見ないよね。

それなら、最良の形のものに取り囲まれていながら、どうして飲むたびにいい気持ちにならないのかっていうと、それは「生きのびる」側ではない、「生きる」側の自分が、それに何か拒否反応を示すからなんだよね。

「生きる」側の自分っていうのは、高倉健のような、坂本龍馬のような人物。我々にとっての彼らは映画やテレビの世界の住人だから、「生きのびる」側の要素はないことになっている。純粋に「生きる」だけの人。

この問題はすごく影響を与えてますね。

「お一人様三点限りと言われても私は二点でピタリと止めた」って何と戦っているんだ？

もちろん戦っているのは、今言ったようなものですよね。コンビニ的なるもの。ぼくらの内なる、生きのびねばならぬという側の社会が要請した、「お一人様三点限り」。こんなにいいものが買えるんだから皆さん何点でもほしいでしょう？っていうことが一方的に前提になった、「お一人様三点限り」。

だけど同時に、これは三点で得なのか？　っていう、ちょっとダマしてんじゃないの？　っていう気持ちもあって、そう言われたけど、「私」はピタリと二点で止めたんですよね。

この戦いは、なんだっていう話です。

「あのこ紙パックジュースをストローの穴からストローなしで飲み干す」って、これも戦い。これ、下品だっていうんじゃなく、「あのこ」をリスペクトしてるんです。そのワイルドさに「生きる」力がある。

「生きのびる」という命題が生み出した社会の強制力に対して、「生きる」というもうひとつの大きな命題が要請する、戦いの意識のような感覚。

6
もやもやしたまま
綱引きしているから
「生きる」輝きに憧れる

雨だから迎えに来てって言ったのに傘も差さず裸足で来やがって

盛田志保子

これは怒っている？　違うよね。これは感動している。「雨だから迎えに来て」って電話で言ったら、それは傘《かさ》一本持ってきてって意味だよね。

だけど言われたほうは一本も持ってこなかった。しかも裸足《はだし》、靴も履《は》いてない、ひどい。ひどいけど来たの。迎えに来てって言ったから、迎えに来たんだもん。

ちゃんと約束は守ったんだよね。その約束がなんの役にも立っていない。なんの役かといえば、風邪《かぜ》をひかないため、「生きのびる」ため。風邪をひくと「生きのびる」のに不利だから。

つまりここでは、「生きのびる」ためのファクターが無視されて、迎えに来てって約束だけが存在している。果たされたのは、「生きる」側の約束でしょ。ぼくらが生きている中では、ごちゃごちゃしているわけ。「生きのびる」ことと「生きる」ことが。こんなにくっきり、「生きる」ことだけがつきつけられることがめったにない。

その証拠にこの人は忘れないよね、この日のこと。あの日あの人は来たけど、傘も持ってなくて、二人で濡《ぬ》れて帰って一緒に風邪ひいた、みたいな。風邪ひいたら、「生きのびる」ためにはNGだよね。

でも、「生きる」ためにはOKなものをはかる尺度はシンプルなもので、それは忘れられないかどうか。

ビタミン入りの目薬を買いに来た客は必ず忘れられる。でも赤い目薬を買いに来た客は二週間ぐらいは忘れられないかもしれない。コンタクトレンズを探していたおじさんは忘れられる。蝶《ちょう》の唇探していたおじさんのことは、おまわりさん五年くらい忘れないかもしれない。あの変態野郎はなんだったんだって。

ぼくらは、どんな人生が良い人生なのかを決めることはとても難しいんだけど、ひとつの尺度として、「死ぬ日に覚えている思い出が一個でも多い人生が、より良い人生なんじゃないの。そのとき一個も思い出せることがない人生は、ダメなんじゃないの」っていう考え方があります。

もしそうだとしたら、傘持って迎えに来られるよりも、傘持たずに裸足で来られるほうが正解に近いことになる。

だけど、そう単純にはいかなくて。

ぼく、会社に十七年行っていて、その間ずっと「この駅で降りなければ、海に着く」って思ってた。もし今日電車を降りなくて、海に行ったら、今日のことは一生忘れないだろうってことは、わかってた。だけど一回も、そのまま海に行かなかった。毎回途中の駅で降りて、会社に行った。なぜかというと「生きのびる」側の強制力が、無断欠勤して海に行くことを許さないから。

許さないのは部長とかではなく、自分だよね。怖くてできない。

ここで会社休んで海に行ったら、一生忘れない。死ぬときにはそのほうがいいんだが、死ぬのはまだまだ先で……ってもやもやしたまま。そうすると、よくわからないいんだけど、その都度その両方の綱引きみたいになる。

短歌の言葉の中での価値観は明確で、感動が、この短歌の中にはある。

作者はこのとき二十歳くらいの女の子だったけど、会ったときに「あれ、迎えに来たの誰?」って聞いたの、知りたかったから。そうしたら妹だって。すごい妹だなって。「妹紹介して」って思いました。

なんかわかります? この歌の中の裸足で迎えに来る人間の、オーラね。人間ではないような、異様な輝きがある。

その輝きの源というのは、「生きのびる」ということを顧みずに、「生きる」に純化した魂の輝き。

ぼくらは遠い人、沖田総司とか、松田優作とか、そうした人たちにそれを仮託するわけです。夜中に携帯で検索して記事を読んだりしていると、「あのとき優作は癌《がん》を隠して撮影に臨んでいた、カッコイイね」とか、全然関係ない人たちが熱く語ったりしている。

そういうことです。「生きる」ということへの憧《あこが》れですよ。

それは往々にして「生きのびる」ということの強制力に対する反発の形になる。

その「生きのびる」という強制力から自由になっているものを見ると、心が吸い寄せられる。

7　泥棒は反社会的じゃない、反社会的とはこの人みたいな感じ

銀杏を食べて鼻血が出ましたかああ出たねと智恵子さんは言う　　野寺夕子

これが送られてきたときも「?」ってなりました。

銀杏《ぎんなん》の短歌を作ろうと思ったとき、「銀杏を食べて鼻血が出ましたかああ出たねと智恵子さんは言う」って書くだろうか、いや書かない。

書かない理由はいろいろあって。まず、「銀杏を食べた」って、智恵子さんが言ったか何かしてそのこと知ったんだよね「私」は。で、そのとき「鼻血が出ま

したか?」って第一声で聞くだろうか。「どうやって食べたんですか?」とか「茶わん蒸しに入れたんですか?」とか聞くかもしれないけれど。

鼻血が出たかどうかがまず知りたかったんだよね。これがもう特殊な攻撃であるんだけど、反撃もスゴイ。「ああ出たね」、そりゃあ出るよ。これなんだよって。そもそも智恵子さんって誰なんだよ。知らないしそんな人。

というわけで、この人は二重三重にスゴイ。

つまり、会社に勤める姿を想像できない、この作者。だけど、なんかこんな人と四畳半でこたつで暮らしてみたくなる。お惣菜屋《そうざいや》さんになら勤められるよね。で、毎日こんな話をするんだ。なんかうっとりだよね。貴重だよ、こんな人。だって矯正されるもん、今。普通はこのまま大人になれない。

この人すごいおもしろい人で、いつも短歌が送られてくるけど、「一緒にお風呂に入ります。あなたの53の誕生日に、私。」っていうのもあった。

何それ、プレゼント?

でも、なんか良くないですか？　そういう女性って。その女性がすげーなって思うのは、つまり反コンビニ的というか反社会的だからです。

反社会的なものって、泥棒とかじゃないんです。泥棒は社会的なんです。金欲しいって、働くか盗むかの違い。価値観が同じじゃん。泥棒は全然反社会的ではない。

でもお金をあげるのは反社会的行為。お金をどんどんあげちゃう人とかはまずい。「お金っていうものは重要だ」っていう合意を揺るがすから。すごい大きな規模でそういうことする人は、たぶん社会的にね、抹殺される。

「一緒にお風呂に入ります。あなたの53の誕生日に、私。」っていう短歌を書いて送ってくる気持ちがわからない。

この人いくつなんだろう？って、読んでも読んでも、歳《とし》がわからない。全然生活が見えないという感じ。

だから「生きる」ってことを強《し》いて純粋化していくと、泥棒みたいな感じじゃないんですよ。この人みたいな感じ。

それが「生きる」の「生きのびる」に対する非対称性ね。

8　おじいちゃんだって「太郎君なり」のほうがうれしい

目がさめて日のさすカーテン開けたとき歩いていたのは太郎君なり　手島枝美

目がさめて日のさすカーテン開けたとき歩いていたのはおじいちゃんなり　改悪例

中学生の短歌です。中学生に短歌を募集したことがあるんですけど、小・中学生ってやっぱりまだ社会化の訓練が充分されていないから、いい感じなわけですよ。

誰だよって話ですよ。太郎君？　知らない。「太郎君誰だろう」って思ってたら、そしたらおじいちゃんだって。

わかってる、この子は短歌というものをわかってる。

もしこれが「目がさめて日のさすカーテン開けたとき歩いていたのはおじいちゃんなり」だったら全然ダメ。

おじいちゃんが実際に太郎って名前だから「太郎君」なんだろうけど、おじいちゃんがおじいちゃんなのは、社会的なラベリングでしょ。

いつもはおじいちゃんって呼んでるし、おじいちゃんに見えていると思うんだけど、ある日、目が覚めて起きたてでカーテンをバーッと開けたとき目の前に急にいたんだよ、予想外に。その瞬間、社会的なラベルが心理的にクリアされた状態になって、おじいちゃんのことを「あっ太郎君だ」って思った。それをそのまんま書いたところがいい。

これを「太郎君じゃ誰だかわからないからおじいちゃんと書こう」っていうのは、前に例に出した「今日じゃいつだかわからないから火曜日と書こう」と同じ発想で、社会化された訓練がもたらす改悪、短歌として。

太郎君なり。いい感じですよね。この中学生は。

おじいちゃんだって、「目がさめて日のさすカーテン開けたとき歩いていたのはおじいちゃんなり」と書かれるより、「太郎君なり」って書かれたほうが多分うれしい。

そのほうが、「生きる」ことにかかわる関係性が生まれるからね。

9 猫の姿が運命を可視化する

あの猫は撥ねられるかもしれない　　せきしろ

これは短歌じゃなくてせきしろさんの自由律俳句ね。
まさに死すべき運命の可視化だよね。
猫を見てると、猫はどうも車というものを理解しきってない気配があるでしょ。
犬はかなりわかっているよね、車をね。信号だってわかるくらい。
猫はなんかすくむよね、車が来ると。車が自然界の動物にない動きなのか知らないけど、猫は道の真ん中ですくんじゃうことがあって。そのまま渡り切ればいいのに。

あと、わざと直前に飛び出したりするじゃない。なぜそのタイミングで⁉ みたいな。一生懸命スピード出しているのはわかるけど、いやスピードの問題じゃなくて、タイミングの問題なんだよって言いたいけど、猫にどう伝えていいのかわからない、あの感じね。

でも、ぼくらが猫に憧《あこが》れる感じは、多分それなんだよ。

犬はかわいいけれど、猫には憧れるじゃない、どっちかっていうと。それってその死すべき運命に対するチューニングの悪さ、死にやすさからもくると思うんだよね。

10 社会的にダメでサバイバル力が低いから小さな死によく遭遇する

単三電池握りしめて単三電池を買いに行った日

又吉直樹

こちらも自由律俳句。これはやるねー。ぼくもやる。自信がないんだよね。単一、単二、単三と、数字がでかくなるほど電池が大きくなるんだったか、小さくなるんだったか。あるいは、単一、単二、単三を、並べたときは大きさの違いは歴然なんだけど、単体で見せられるとなんかもやもやして大きさがよくわからない。これは大中小のどれなんだろうみたいなのが、どうもよくわからない。

電球もよくやるけどね。電球の現物を持っていって、「はい」ってお店の人に渡して「これと同じものをくれ、いいからこれと同じものをくれ」って。「でもこっちのほうが安いですよ」とか言われても、意味わかんないから「いいから」って。薬とかもね。

そういう人は、自分は社会的にダメだ、サバイバル力が低いってことを知っているから。単三電池握りしめて、電球握りしめて、行く。「ちょっと工夫するとお得ですよ」って言われても耳を貸さない、ぼくはね。必ず同じものを買う。なんでも。

そりゃあさ、スゴイ重要なところは命を守るからさ、又吉さんもせきしろさんも、そう簡単には死なないだろうけど、小さな死を避ける気持ちね。

飲み会のときの席順とか、カーテンの丈とか、便座カバーの形とか、この辺もチューニングしきれない。電池のサイズとか。この変な微妙さね。恋愛はこういう相手のほうがおもしろくても、結婚はちょっとリスクが大きいなあという感じね。

11

世界と社会と人間の集団は、イコールじゃないのだと異議申し立て

三十歳職歴なしと告げたとき面接官のはるかな吐息

虫武一俊

三十歳職歴なしと告げたとき面接官のかすかな溜息

改悪例1

三十歳職歴なしと告げたとき面接官のひそかな苦笑

改悪例2

これは、社会の中に入れない人が会社を歌った歌ね。勇気をふるって面接に行って、「歳《とし》は？」って聞かれて「三十歳です」って言って、「履歴書になんにも書いていないけど、職歴は？」って聞かれて「ありません」って答えたら、「面接官のはるかな吐息」ですよ。ここが素晴らしい。

普通の社会人は、「はるかな吐息」とはなかなか書けません。せいぜい改悪例1の「かすかな溜息《ためいき》」とか、まあこんな感じですよ。よく見比べてください、原作の素晴らしさがわかるでしょ。

改悪した「面接官のかすかな溜息」。ダメなヤツが来ちゃった、こんな面接してもムダだよ、みたいな。溜息ってさ、もともとがっかりとか、うんざりとかネガティブな感情だから、本人に聞かせちゃかわいそうだからって音量を絞ってるんですよ。でも、腹から力が抜けるんでわかるんです。面接を受けるほうはハリネズミのように敏感だから。「ああ溜息つかれちゃった」と。

でもそれはまだ、作者と会社との距離が近いんですよ。「かすかな溜息」と書いているうちは。

本当に距離ができると、蜃気楼《しんきろう》くらい遠いんです、面接官のいるところが。本当は溜息ついているんですよ。でも「かすかな溜息」には見えないんですよ。遠すぎて溜息だって認識もできないんですよ、なんか息したなーくらいにしか。それが「はるかな吐息」に見えちゃう。「はるかな吐息」って全然違うもんじゃん。なんか吐息ってセクシャルないい感じのものでしょ。

別次元の遠い遠いところに、会社とかネクタイとかコピー機とかあるんです。この人は絶対就職できませんよ。腹をくくって短歌を磨いたほうがいいですね。「かすかな溜息」としか書けない人は、頑張れば就職できるかもしれません。「かすかな溜息」からまず相手を真顔に変えて、それから賞賛の笑顔に変えればいい。でも「はるかな吐息」は、どうやって変えるんですか。変えようがないじゃないですか。面接官は「はるかな吐息」なんて漏《も》らしてないんですよ。

改悪例2の「三十歳職歴なしと告げたとき面接官のひそかな苦笑」。短歌としてはダメですね。これ、就職できますよ、頑張れば。苦笑を親愛の意味に変えさせることができればいいんですから。

「はるかな吐息」はどこに向かってどっちにどう変えればいいのか、もう方向がクルクルにわからない。

そうして底を打った人が、まあプロの歌人になれるかな、みたいな感じですね。この人は歌人になれますよ、ここまでダメなら。

わかります？　わりとデジタルに並べてあるから、原作に近づくほど社会とのチューニングがずれているんですよね。そしてずれることによって、社会が世界のすべてじゃないということを痛切に感じさせるんです。

だけど社会が世界とイコールにならないと、経済とかはやっぱりダメなんですよね。社会は世界とイコールで、社会は人間の集団とイコールっていうふうにしていかないと、経済の回転速度はどんどん落ちる。

だけど実際には違う。世界には人間以外の動物もたくさんいる。でも社会にはいない。そこには人間とペットと家畜がいるだけなんです。

だから詩歌《しいか》は、人間に対する異議申し立てをする痛烈な武器であり批評のツールなんだけど、いかんせんそのツールを駆使できる人が社会的にダメな人ばっかりなんですよ。

そうじゃない人もいますよ、ごくまれにね。メカにも強い谷川俊太郎さんとかね。そんな人がいなくもないけど、たいていはぼくのように、もう社会に出るようなことがまったくダメな人が、歌人をやっている。よくできてますよね、表裏一体です。

実際にどう生きるかということは別として、言語レベルで、社会と世界はイコールではないんだと、世界というのは人間だけが構成員じゃないんだということを痛感するとか。そういうことを、はっきり言語でおさえることって重要だと思います。

もう社会経験がある人たちにとっては、誰もが感じてきたことをあらためて言語化しているだけだから、こういう話をしても非常に話が通じやすいですけど。中学生や高校生には、とても伝わりにくい。なぜなら彼らは社会の重圧を味わっていないので、「社会? 世界? 同じじゃん」みたいな感じ。いかに社会的な枠組みがぼくらを追い詰めるかということを知っているほうが、詩歌もわかるんです。彼らは、自分が駆使している詩的能力がどのような位置にあって、どのような価値をもつかはわかってないんですよね。いい歌を作れても、たんに社会からずれているから自然に言語がずれる、それだけのことでね。

もちろんそれに価値がないとはいえないけれど、やっぱり、そのずれを計測できるかどうかっていうことは重要だと、個人的には思う。だから単純にいい短歌、おもしろい短歌を作るっていうのももちろんいいんですけど、それだけじゃなくて、世界像みたいなものを提示してほしいです。

第四講

短歌を作るときは、チューニングをずらす

1

留学生の日本語①
その神秘的な間違いに
素敵回路が誤作動する

ぼくは今日学校へ行きました。
ぼくが今日学校へ行きました。
ぼくで今日学校へ行きました。
ぼくに今日学校へ行きました。
ぼくを今日学校へ行きました。

大学で短歌教えたんですよ、二〜三年前に。「短歌教えてください」と言われて、行ったのね。そしたら教室に、外国人がいっぱいいるわけ。明らかに身長が二メートルある人とかさ。ヤバイよ、どうやって教えようって思ったけど、やったら結構良かった。

っていうのは、彼らは日本のコンビニ的チューニングにあってないし、日本語がそもそも不安定。助詞とか特に不安定だから。

助詞が不安定ってどういうことかっていうと、例えば「ぼくは今日学校へ行きました。」ってこれはOKな日本語じゃん。だけどなかなかこの正解が書けない。じゃあどう書くかっていうと、「ぼくが今日学校へ行きました。」ぐらいに書いちゃう。そうすると違うよね。ぼくらから見るとこれは違うんだよ。

「ぼくは今日学校へ行きました。」と「ぼくが今日学校へ行きました。」は違う。だけどどう違うか留学生に説明することは非常に難しい。この違いをぼくらは、いろんな実例を無限回しゃべったり、書いたり、聞いたりすることで、感覚でつかんでいるからね。

だけど短歌においては助詞の正解を、間違いなく正しいところに落としこめばいいってものじゃない。「間違いなく、正しいところに落としこめ」という強制力は、サバイバルのものだからね。生きのびるための社会的強制力だから。

「ぼくが今日学校へ行きまし

た。」にはない、何か多義的な。ちょっとニュアンスが複雑になる。

例えば、この人はセクシャリティにおいて「ぼく」度が微妙に低いのかもしれない。「あたし」も含まれているのかもしれない。その場合「ぼくは今日学校へ行きました。」とは、書けないいんじゃないか。「ぼくが今日学校へ行きました。今日学校へ男性として行って男子トイレに入ったのはぼくなんだ。でもぼくはぼくのすべてじゃない。三〇パーセントはあたしだから」みたいなことがありうる。

もちろんそんなことはわからないよ。わからないけど、この助詞の微妙な違いの背後には、例えば今いったような可能性がありうるし、「ぼくで今日学校へ行きました。」になると、もっと批評性が生まれる。あえて「ぼく」で学校に行った。

「ぼくに今日学校へ行きました。」となると、ぼくはもうついていけない。でもついていけないからといって、ここに何もないのかというと、わからないね。「ぼくは今日学校へ行きました。」のことを「ぼくに今日学校へ行きました。」って毎回言ってしまう人がいたら、ぼくはその人に惹《ひ》かれるような気がするね。「何その神秘的な間違い」みたいな。

素敵回路の誤作動で、「この人俺の運命の人なんじゃないの！」とか思う。なんでしょうね、この誤作動。

ひとつの助詞の背後には世界が貼《は》りついていて、ぼくはもう「ぼくは今日学校へ行きました。」を強制される世界にうんざりしているわけですよ。だからそのことが「ぼくに今日学校へ行きました。」と必ず間違ってしまう人のことを、本来自分が生きるべき世界から来た使者なんじゃないかと思わせる。「運命の使者が今、ぼくの前に間違った助詞とともに現れた！」みたいな。

そこまでいくとおかしい人みたいだけど、おかしくはないという主張をここではずっとしてきているけど。

2　留学生の日本語②
たったひとつの言葉が世界を背負う

ちょっとどもる人とか、ラ行がちょっと舌を巻ききれない人っているじゃない。あるいはサ行がちょっと苦手な人。あと訛《なま》る人ね、方言。なんかちょっとセクシーじゃん、みんな。

なぜそれがセクシーなのかというと、ひとつには、方言っていうのはその背後に別の世界を背負ってるっていうこと。あるいは、たどたどしいフィリピーナの日本語がたまらんってなっちゃうおじさんは、いっぱいいるわけでね。演歌とかも、本来母国語でない人が歌ってどうしてこんなに心にしみるのか、みたいなね。

感情移入っていう意味でいえば、きれいな母国語のほうが単純にできるはずなのに、たどたどしさに変な感情移入をしてしまう。

言葉っていうのは、その背後にある「ひとつの世界」を背負っている。

そうでしょ。だって自分の奥さんのことをさ、妻って言う人もいれば、奥さんって言う人もいるし、パートナーって言う人もいるし、女房って言う人もいるし、嫁も連れ合いも相方もワイフも、そのほかいっぱいある。そのどれを選ぶかで「ははーん」みたいな。

「家内が」って言うと、ちょっと大人。「パートナー」って言うと、あっ、この人パートナーって言う人なんだ、みたいな。「相方」って言うと、ちょっとテレがあるのかな、とか。ぴったりしたものがないから、ぼくは「妻」って言ってますが、それは妻が一番ニュートラルだと思うから。でも「配偶者」がニュートラルって思う人もいるからね。

つまりその言葉の背後にはその人と、その人の奥さんとの関係がピッタリ貼《は》りついているわけ。

一人称を「俺」って言う人と「私」って言う人と「ぼく」って言う人と「小生」って言う人とかね、いっぱいいるわけで。その背後には世界が貼りついているから、なかには違和感のある呼称ってあるわけ。

長い付き合いの友人が結婚したとき、自分の奥さんのことを「パートナー」と呼んでいて。「この人パートナーの人だったんだー」って初めて気づいた経験があってね。そういうことあるよね。なんかこうドキッと。それによって距離がひきつけられるときと、遠ざかるときがある。「パートナー」と「嫁」では世界が違うよね。

ひとつの言葉が世界を背負うってことね。

だからわざと訛ってモテようとする人とか、いるじゃん。いや、いるんですよ、そういう人。ぼくもわりとラリルレロが言えない人をかわいいと感じる。まばたきがゆっくりでラリルレロが言えない女の人を社員として採用したくてたまらないことがあって、だけど採用したいという理由をほかの人に言えない。まばたきがゆっくりでなんかドキドキするんですけど……催眠術か。

非常に微妙なことなんだけど、そういう微妙さの中で私たちは生きているっていうことです。

3　会社の歌①
現実では奇妙なことが起きるそのリアル感

北風をきって浣腸買いに行くこれも仕事のひとつ秘書なり

安西洋子

北風をきって胃薬買いに行くこれも仕事のひとつ秘書なり

改悪例1

北風をきってチケット買いに行くこれも仕事のひとつ秘書なり

改悪例2

日経新聞の短歌欄には、会社の歌とか多く送られてくるんですね。それがたいていおもしろい。「会社の人が」書くとおもしろくないんだけど、「会社の人を」書くとおもしろい。アーティストかなんかより会社の人を書いたほうが絶対おもしろい。

なぜなら会社の中で使う表現と短歌っていうのはかけ離れているでしょ。そのかけ離れ方がポイントになる。

秘書なんですよね、この作者。

プレイじゃないよ、プレイだって言い張る人もいるんだけど、多分違う。これはやっぱり自分が仕えている役員の誰かが腹が痛くなって、午後から社運をかけた合併かなんかの話があるからいなきゃいけない。そこで「君すまんが浣《かん》腸《ちょう》買ってきてくれんか」「はい」ってね。「君すまんがちょっと注入してくれんか」みたいな。

だって合併ですからね。しょうがないんですよ。その人は会社のエースなんですよ。だけど腹が痛いんですよ。だからこれを究極の仕事として胸を張っているんですよ、「秘書なり」と。秘書として。

北風を突き進む秘書ですよ。美しいですよね。北風をきって浣腸買いに、「北」「風」「きって」「浣腸」「買いに」「これも」って語の頭が全部カ行でしょ。もう、ぴゅうぴゅうしてんですよ。それで「秘書なり」とくるわけですね。

改悪例1の「胃薬買いに行く」。これもリアルな感じで悪くないですね。

改悪例2の「チケット買いに行く」。ほらチケットとか切符とかね、これだと全然おもしろくないでしょ。要は、「それは秘書の仕事だよな」「当たり前じゃん」っていう、それだけのこと。

浣腸の異物感ですよ。会社に浣腸？　秘書が浣腸？　みたいな。

でも現実ってそういうもんだと思いますね。いろいろ奇妙なことが起こるんですよ。

昔在籍していた会社で、会議をしていたら社長がにゅっと顔を出して、照明をパチンパチンパチンと一列おきに消しはじめた。経費節減のための無言のプレッシャー。「この会社やばいんじゃないか？　社長が自ら蛍光灯を一列おきに消していったぜ」みたいな。結局、映画とかでもそうだけど、そういうとこがリアルでしょ。想像ではなかなか思いつかないですよね。

「北風をきって浣腸買いに行く」も、実話って感じしますよね。文体もこう、緊張しているでしょ。使命感を感じさせる文体ですよね。

4

会社の歌②
社長は宇宙人、専務は友達
共有しているイメージを使う

UFOが現れたとき専務だけ「友達だよ」と右手を振った

須田覚

UFOが現れたとき主任だけ「友達だよ」と右手を振った

改悪例1

UFOが現れたとき詩人だけ「友達だよ」と右手を振った

改悪例2

いい歌ですよね。これをいい歌にしているのは専務ですよ。

たぶん、その場で専務が一番偉いんですよ。昼飯とか食った帰りにね、UFOが現れてみんなが呆然《ぼうぜん》としてたら、「友達だよ、俺の友達！」って手を振った。

これが専務じゃなくて主任ならどうだったか？　改悪例1ですね。きっと日ごろから口きかない、オタクな変わり者の主任なんでしょう。でもおもしろくないんですよ。

もっとおもしろくないのは改悪例2。詩人だからね、当然、宇宙人とも友達なんです。

つまりUFOと会社というものとの距離の問題で。もともとUFO寄りの人が友達でも当たり前なんですよ。専務は限りなく会社の中枢に近いからね。それが「UFOと友達なんだ」って、世界に厚みを感じさせる。

でも社長はダメ。一番上りのところまでいっちゃうとね、意外とUFOから降りてきた人がいるみたいなね。

専務ぐらいが最後ギリギリの人間くらいで、うすうす社長はなんか人間じゃないような気がする、秘密を知っているような気がする、みたいな。そのイメージ。ぼくらが深層に共有しているイメージみたいなのがあるんです。そこをどれだけ上手く感受して選べるか。こうやって並べるとわかるでしょ。あとにいくほどつまんなくなる。

5 大事なことをわざと書かない①
体温を手渡ししたいから書かない

手をひいて登る階段なかばにて抱《いだ》き上げたり夏雲の下

加藤治郎

手をひいて登る階段なかばにて（子どもを）抱《いだ》き上げたり夏雲の下

補完例

ぼくの知り合いが結婚のあいさつに彼女のご両親のところに行ったとき、「お嬢さんをください」って言ってしまって、「結婚させてくださいじゃないのか」

ってすごく怒られたそうです。そういうときは完全に正確に言ったほうがいいんだなってことを学びましたが、詩歌《しいか》のときは必要なことの周りを固めて、重要なことは逆にスペースにしておくことが結構あります。

この歌も一番重要な情報は欠落していて、何を抱き上げたんだ？　ってなる。だけど他の情報からして子どもだろうなって思う。

左に補完した例がありますが、こんな情景なんじゃないかな。「手をひいて」っていう言葉から子どもが想定されますね。

ではなぜ書かないのかっていうと、子どもを抱き上げたときの重さとか、体温のちょっと高い感じとか、汗ばんでいる感じとか、あるいは抱き上げてキャッキャッと喜んでいる感じとか、そういったものを、書かないことによって手渡そうと。そういう図らいかと思います。

もちろんこれが恋人である可能性もありますが。

なぜ階段なのか、なぜ抱き上げるのか？　そのあたりの情報を、意味が何パーセントくらい確定できるのなら捨てちゃっていいのかっていうのは、判断するのが難しいところではありますけどね。

6 大事なことをわざと書かない②
書かないほうが生々しい

したあとの朝日はだるい　自転車に撤去予告の赤紙は揺れ

岡崎裕美子

（セックスを）したあとの朝日はだるい　自転車に撤去予告の赤紙は揺れ

補完例

これも何をしたかが書いていない。
もちろん徹夜でアルバイトをしたあとの「朝日がだるい」のかもしれないけど、

その下句「撤去予告の赤紙は揺れ」っていう言葉から推定すると、これは「じゃまだどけろ、ここに置いておくな」っていう赤紙ですよね、自転車に貼《は》られる。ということは、恋愛末期のセックスみたいなイメージかな。

なぜそう思うかというと、朝会社に向かっていく人々に交じって、自分は男の家から帰っていく。セックスはしたけど、もうなんとなく帰れよみたいな、自分はかなり用済みな感じになりつつある。その自分の寝不足な目に、自転車撤去予告の赤紙がまぶしく痛く刺さる。

つまり、「撤去予告された自転車だな、私は」みたいな感じですかね。「したあとの」っていうのは、セックスが通常あからさまにしないことだからっていう世間的な常識とかじゃなくて、むしろ逆で、それを浮かび上がらせるために書いてないんですね。書かないことによって、ひどく生々しい感じになっている。

7 大事なことをわざと書かない③
強調して裏返って
憎しみが愛に変わる

173㎝51㎏の男憎めば星の匂いよ

山咲キョウコ

情報がデジタルに偏《かたよ》っている。ひどくデジタルに限定しているけど、まあ同じデータの男は日本中にもたくさんいるし、世界中にもたくさんいるし、今はこの男も「173㎝65㎏」ぐらいになっているかもしれない。でも「私が憎んだあの男はやっぱり173㎝51㎏のあいつ」っていう感じ。

かなり親密な関係じゃないとここまで身長体重びしっと知らなくない？　その

身長体重までも憎むわけです。

星の匂いっていうのがおもしろくって。

時間差ね。星が本当に光ったときと今見ている光に時間差があるっていうのはよく言われているけれども、今はもう１７３cm65kgかもしれないし78kgかもしれないし94kgかもしれない。けれど私が憎んでいるのは、私の心の中で光っているのは永遠に「１７３cm51kgのあいつ」っていうことですね。

ここまで否定すると、まるでこれが愛に見えてくる。ここまで憎んでくれればもはや、愛の裏返しのような気がする。だから星の匂いってことなんですね。

憎む相手を特定するときに必要な情報ってイニシャルなのか？　出身地なのか？　それが過剰にデジタルであることが、ここでは何か、愛と憎しみの強さのように感じられますね。

短歌のリズム①

8 罪を犯すことで終わらない夜道が生まれる

銀杏《ぎんなん》が傘にぽとぽと降つてきて夜道なり夜道なりどこまでも夜道

小池光

銀杏《ぎんなん》が傘にぽとぽと降つてきて夜道なりけりどこまでも夜道

改悪例

ここまでは、リズムについてはあまり厳密には述べてないけれど、本来的には、短歌の根源的な特徴は五七五七七であるということなので、そこにはどれだけこだわってもこだわり過ぎることはないわけですね。

この歌では、「銀杏が傘にぽとぽと降ってきて」と、ここまではきちんと五七五。ところがそのあと、「夜道なり夜道なり」と十音もあって、字が余っている。

これを短歌の形に戻すのは簡単で、「夜道なりけり」にすれば定型になる。だけど、じゃあそのほうがいい歌なのかというと、どうもそういう気がしない。五七五七七は守るためにあるんじゃなくて、意識するためにある。作るときも読むときも。

では「夜道なり夜道なり」と、二回繰り返すことで何が起きるのか。

小説や現代詩では「夜道なり」って五十回繰り返しても、何も起きない。全体の量が決まってないから、五十回書いても五千回書いても、原稿用紙が増えるだけで何も起きない。ただ量的に増えるだけ。だけどここで二回、繰り返した意味は大きい。それは、短歌には五七五七七であるという定型意識があるから。

つまり散文や詩で五十回繰り返すことは罪じゃないけど、短歌で二回繰り返すことは罪なの。定型の禁忌を破っている。罪を犯してまで二回繰り返したことによって、無限に繰り返されちゃうような感覚が呼び起こされる。まさにこの歌の中で伝えたい感覚は、「夜道なり」が無限に続く状況だと思うの。

銀杏が傘に降ってくるって、特殊な状況でしょ。しかも銀杏って異臭がするじゃないですか。変なにおい、そして真っ暗な道もおそらく底のほうはイチョウの葉で黄色くなっている。まるで夢の中のような感覚。

「夜道なり夜道なり」で、「本当にこの道で家に帰れるんだったかなー。なんか帰れないような感じになってきたな」って。どこまでも夜道っていうのは、もう朝が来ないような感じ、家に着かないような感じ。どこまでもどこまでも自分は歩き続けなきゃいけないような、そんな感じね、この歌は。

この夜道は終わらない夜道。甘美な罰のようにどこまでも続く夜道なんですね。

短歌のリズム②

9　ガタガタの音数に込められた嫌悪と絶望と揶揄と

草つぱらに宮殿のごときが出現しそれがなにかといへばトイレ
小池光

草はらに城のごときが出現しそれがなにかとおもへばトイレ
改悪例

これもね、短歌の五七五七七がガタガタで。でも直すことは簡単なの。改悪例のようにすれば五七五七七になる。

でも比べてほしいんだけれど、これでは圧力みたいなものが伝わってこない。「草はらに城のごときが出現し」と、「草つぱらに宮殿のごときが出現し」だとどこが違うのか。「草はらに」と「草つぱらに」はどこが違うのか。「草つぱら」のほうが俗な話し言葉な感じ。「城」と「宮殿」で何が違うのか。「城」はもともと日本にあるんだよね、「宮殿」は日本にないんだよね、本物は。ヨーロッパとかアラブとかにあるんでしょ。

「草つぱらに宮殿のごときが出現し」っていうのは、たんに音数だけではなくて、そこらの草っぱらにとんでもない、日本にはあるはずもない、ヘンなものが出現したってことを表しているのね。「草はらに城のごとき」だと、城あるもん、普通に。だからありえないものが出たっていう感じじゃなくなっちゃうね。

で、「それがなにかといへばトイレ」。

なんか草っぱらにヘンに豪華なカラフルな建物ができて、何かなーって見てみたら便器が見えて、なんだトイレかよ、みたいな話だと思うんだけど。「それがなにかとおもへばトイレ」だとちゃんと七七なのに、「それがなにかといへばトイレ」だと七六で一音足りない。

カックンって感じですよ。「それがなにかとおもへばトイレ」っていうちゃんとした音数を満たすものではなくて、「トイレですよあんた、トイレ！」みたいな。

つまりこれは上句の字余りと下句の字足らず、通俗な言い方や日本にはありえない宮殿のごときという比喩《ひゆ》、それらすべてを使って、リズムで強烈に揶揄《やゆ》しているのね。

揶揄っていう言葉では弱いほどで、嫌悪感とか絶望感みたいな。

何に対して嫌悪しているのか。直接的には宮殿のようなトイレに対してなんだけど、それは日本という国のあり方にたいする絶望ですね。

「いったいなんなんだよ」って。草っぱらに宮殿みたいなトイレ作っちゃって、それで俺たちってなんなんだ、みたいな。戦後の美意識や行政のあり方、民草の心根、それに対する嫌悪と絶望、それが、変則リズムの中に多分込められている。

10 共感と驚異①
やったことがないから
ぐっときちゃう

砂浜に二人で埋めた飛行機の折れた翼を忘れないでね　俵万智

砂浜に二人で埋めた桜色のちいさな貝を忘れないでね　改悪例

短歌を読んだときに「共感する」ってよく言いますよね。慣れてない人は共感を価値の最上位にもってくるし、共感する歌を作ろうとするんだけど、上手くいかない。そんな、共感する歌の仕組みについての話です。

多分オモチャの飛行機を歌っている歌だと思うんだけど。実際の経験でいうと、「桜色の貝」を埋めたりした経験はかなりの人があると思う。だけど「飛行機の翼」を埋めたことのある人は、ほとんどいないんじゃないかな。

でもこの歌を比べると、なぜか「飛行機の翼」のほうが共感を呼ぶというか、ぐっとくる。実際見たことも聞いたこともない行為なのにぐっときて、「桜色の貝」を埋めた改悪例のほうは、まあ普通だなって思ってしまう。

これは、共感にはある特性が存在するから。

いきなり共感を目指すと上手くいかない。驚異ってぼくは呼んでいるんだけど、一回ワンダーの感覚に触れてそこから戻ってこないと。ワンダーからシンパシーですね、驚異から共感。砂時計の「くびれ」みたいな驚異のゾーンをくぐらないと共感をゲットできないという、普遍的な法則があるみたいですね。

飛行機の翼って二枚で一対のものですよね。片方なくなるともう飛べないんですよ。これが恋愛の比喩《ひゆ》だとすると、二人のうちのどちらかの心が折れてしまったら、二人の恋の飛行機はこれ以上飛べない、みたいな。ベタな比喩ですけど。

あとは飛行機という、本来空を飛ぶものが砂に埋められてしまったという、絶望的な悲しさとかね。

たぶんこれは本歌取りで、原典は石川啄木だと思う。石川啄木と俵万智って、近代以降の歴史の中で、最もたくさんの読者に共感された作者だから、二人の作品にはどこか共通性があると思う。

11　共感と驚異②
木片では啄木になれない
ピストルが必要だ

いたく錆《さ》びしピストル出《い》でぬ
砂山《すなやま》の
砂《すな》を指《ゆび》もて掘《ほ》りてありしに

石川啄木

いたく朽ちし木片出《い》でぬ
砂山《すなやま》の
砂《すな》を指《ゆび》もて掘《ほ》りてありしに

改悪例

砂浜を掘っていたら錆《さ》びたピストルが出た。

似ているでしょ、俵さんの歌と。というか俵さんのほうが似ているんだけどね。これもさあ、嘘《うそ》だと思うよ。これは実体験としては改悪例みたいな感じだと思うよ。


砂を掘っていたら腐った木が出てくるじゃない。だけどそれをそのまま書いても啄木にはなれない。啄木になるには、木片を錆びたピストルにしないと。このピストルは自分でしょ。飛行機の翼は終わってしまった二人の恋愛のメタファーだったけれど、これは自分。本当なら撃ちまくるはずのピストルが錆びて撃てない、そんな自分であるという不能感。朽ちた木片でもいいんだけど、それでは充分な不能感が出ないと、啄木は思ったんでしょうね。

砂時計の「くびれ」を作っているんですよ、そこで。

貝や木じゃ、本当に砂浜にあるから「くびれ」にならないんですよ。

12　共感と驚異③
普通にあることでは「あるある！」とはならない

ふるさとの訛《なまり》なつかし
停車場《ていしやば》の人《ひと》ごみの中《なか》に
そを聴《き》きにゆく

石川啄木

停車場《ていしやば》の人《ひと》ごみの中《なか》に
ふと聞きし
わがふるさとの訛なつかし

改悪例

これは飛行機の翼とかピストルとか、意外なものは出てきてないように見えるけど、実は別の意味で砂時計の「くびれ」がありますね。

普通は改悪例のように書く。どう見てもこの経験のほうが一般的でしょ。啄木がした経験もこんな感じじゃないかと思うよ。停車場の雑踏の中で自分の故郷と同じ訛《なま》りの人の声を聞いて、懐《なつ》かしいなって思ったんだと思う。

だけどそのままは書かない。

これでは「くびれ」が弱いから。驚異を導入しないといけないということを、啄木は知っているから。偶然聞いた訛りが懐かしかったって書いただけじゃ足りないって思ったんですね。

だから「ふるさとの訛りに飢えた俺は、停車場に訛りを聴きに行く」って作った。しないと思うよ、実際にはこんなこと。

これ超有名な歌だから耳に慣れちゃって、なんにもヘンだと思わないんだけど、こう比べると原作はすごくヘンなことを言っているんだよね。だけど普通であるはずの改悪例のほうは、原作と比べてダメなんですよね。

だから、短歌は一度、驚異のゾーンに触れないといけない。

あるあるネタもそうでしょ。「寝不足でつらい」「あるある！」ってみんな言わないじゃないですか。あるはずなのに。「お前たち寝不足でつらくないのか？　あるならあるある！　と叫べ」って言っても、叫ばない。

お笑いのあるあるネタっていうのは、驚異の領域に一回触れているからね。これは又吉直樹さんの自由律俳句だけど「起きているのに寝息」なら「あるある！」って感じになりますね。

本当にあることをただ言ってもあるあるにはならない。共感のゾーンをそのまま狙いにいっても共感してもらえないってことです。

13 オノマトペ①
オノマトペの妥当性は五感より上位の何かが判断している

オノマトペは、得意な人と苦手な人がいて、だいたい短歌やる人は得意な人のほうが多いんですけど。たまーに苦手な人、ほとんどオノマトペが短歌に出てこない歌人がいて。塚本邦雄とか、あと私も。私、とても苦手なんです、オノマトペ。

オノマトペって非常に不思議で。擬音語・擬声語・擬態語っていうんでしょうかね。

例えば「雨がしとしと降っている」って言ったときに、その「しとしと」が、「確かにしとしとだよなあ」とか「そういう感じで降るよなあ雨は」ってみんなが感じる根拠はなんなのかということを、説明できないと思うんですよね。

なぜ、「雨がぽんぽん降っている」っていうのはヘンなのか。「しとしと」は「しとしとだよなあ」ってなるのに、なぜ「ぽんぽん」じゃいけないのか説明できない。耳で聞いた音を表しているような気がする、というのが普通の解釈かもしれないけど、じゃあ擬態語はどうなるんだって。

音のないものもオノマトペで表しますよね。ムラムラしてきたとか、ふらふらするとか、すべすべしてるとかね。それらは音がないから、耳で聞いたものを表してるんじゃないから、そう聞こえるっていうのは当てはまらないですよね。じゃあ、ふらふらしている人がふらふらに見えるのは視覚的なことなのか。すべすべは触覚的なことで、つまり五感の何かを言葉に置き換えているっていう話なのか。もしも生まれつき耳の聞こえない人は、擬音語と擬声語に関しては判断できないのか。雨の音を聞いたことがない人は「雨がしとしと降っている」と言われても「ザーザー」と言われても、音というものがないのでその妥当性の判断ができないのか。

そうかもしれないけど、でも、「これがつるつるだよ」「すべすべだよ」みたいな触覚とか、「これがカラシぴりぴりだよ」みたいな味覚とかに置き換えると、もしかすると「しとしと」とか理解できるような気も、なんかするんですよね。耳が聞こえなくても、味覚や視覚や触覚を言葉に置き換えたオノマトペを敷衍《ふえん》することで、なんか音のオノマトペが理解できるような、わかんないですけどね、気がする。

なぜそう感じるかっていうと、オノマトペの妥当性を判断しているのは、耳とか目とか皮膚《ひふ》とか舌とか、そういう単一の感覚器じゃないような気がしていて、それらの上位にある共感覚みたいなものがあると想定しないと、どうも説明がつかないんじゃないのか。

共感覚っていうのは例えば、「甘い囁《ささや》き」とかですね。甘いは味覚だから、囁きは音だから、甘いと囁きは本来つながらないはずなんだけど。

そういう五感のカテゴリーを越境した表現っていっぱいありますよね。「甘い囁き」がなるほど甘いって感じるのは、味覚と聴覚を連動させて判断しているわけですよね。

というように、我々には五感を越境させる、ひとまず共感覚っていうけど、そういう上位の機能がどうも備わってて、それによってオノマトペの妥当性も判断しているんじゃないかな、みたいなことをなんとなく経験的に思うけど。多分これは専門家がいますよね。ジャンルとして何なのかわかんないけど。多分そういう本もあるんだろうと思う。

14 オノマトペ②
いいオノマトペは心に上書きされる

三年ぶりに家にかへれば父親はおのののろとうがひしてをり　本多真弓

理屈はさておき、ぼくらはオノマトペを、なるほどそれはおもしろいよとか、それは月並みだとか、それはなんか全然ピンとこないとか、そんなふうに判断するわけ。

例えばこれは、完全なオリジナルと思われるオノマトペ。

うがいはね、がらがらかな、一番普通のオノマトペは。

「おののののろ」。どうですか、このオノマトペは。

ぼくはすばらしいと思いましたね。「おののののろ」。何がすばらしいかっていうと、母親のうがいじゃない感じがするし、若い男のうがいじゃない感じがするし、やっぱりなんかおじさん以上、おじいさんもあるみたいな、そんぐらいの中高年男性のうがい。

あとは、かすかな嫌悪感、と安らぎみたいなもの。日本の家の、底知れぬ、油断してる感じ。ステテコはいてるみたいな。

底知れぬ油断感ってありますよね、日本の家庭には。どこまでも安らかで、でもなんかちょっと、嫌悪感が滲《にじ》むみたいなね。

三年ぶりに帰ったから、ここまでの油断を見たのは久しぶりだったんじゃないのかな。普段はフローリングのマンションに住んでるから。

実家に帰って父親がステテコみたいなので、「おののののろ」とうがいをしているのを見る。でも昔ほど、もうお父さん嫌だ！　みたいな若さじゃなくて、もういいから、とにかく倒れさえしなければいいから。ステテコでもくさくてもいいから。私三年に一回しか帰らないから、みたいな感じですかね。

それが「おののののろ」に出てると私は思うんですよね、どうでしょう。いいオノマトペはそれをインプットされるとそう聞こえちゃいますからね。

これから家に帰って、お父さんが「おののののろ」ってうがいしているように聞こえる可能性はあるんじゃないかな。

15　誰が詠んでもOKですが素敵なことを詠むと失敗します

要するに短歌って、日本語がたどたどしい留学生の人が書いても問題ないんですね。子どもが書いても全然問題ない。五七五七七の形を意識してもらえば。あと考えてほしいのはひとつだけなんですよね。それはサバイバル的に、「生きのびる」側の言葉を使ってはいないかっていうことでね。

じゃあ、そこから自由になるにはどうすればいいのか。

なんとなく素敵そうなことを詠《よ》むと失敗します。

いろんなやり方があるけれども。人には言えないこととか、すごく恥ずかしい自分だけが抱く欲望やイメージを書くとか。

なんかあるでしょ。例えば、将棋の羽生善治さんが強いのは寝癖から宇宙の電波を受けているせいではないか、とか。ぼくが対局者だったら、はさみを持っていって、やばくなったらあの寝癖を、ぱちんと切る。と、急にヘナヘナと。実は彼は地球より進んだ星からの宇宙電波を寝癖で受信していて、次はあそこに打てみたいなのがあったんだけど、それを切られたら急に弱くなって、逆転、みたいな短歌を書くといいですよ。

これはずっと訓練してきたこととの逆だから、なかなか難しいんですけど。あと、家族にインタビューしてみるとかね。おばあちゃんとかに聞いちゃうとか。子どもになんか聞いてみるとか。彼らは社会的チューニングが、サバイバルのチューニングがズレてますからね。もしくはまだ身に付けていないから。

以前、短歌を作ったことがないモデルさんと一緒に、その場で短歌を作ったことがあって。「最近、素敵だったことや楽しかったことを教えてください」って言ったのね。そしたら、

「旅行が楽しかったです」

と。「そこで一番楽しかったのはなんですか?」って聞いたら、

「ガラスを吹く体験をした」

そのときガラスのコップを買ったって言うから、「どんなのを買ったんですか?」って聞いたら、

「いいなと思ったのを買った」

「いいなと思った理由はなんですか?」って聞いたら、

「色とか形とか」

って言うのね。

「色とか形とか以外にいいなと思って買ったコップはなかったんですか?」って聞いたら、

「そういえば一個だけ気泡が入っちゃってたのがあって、それを買った」

って。

ガラスのコップを買うときに、色や形や大きさや作者名や値段で買うというのは、まだ社会的な、サバイバル的なエリアの出来事ですね。でも、気泡が閉じ込められているのがかわいくて買ったっていうのは、そのエリアから出ていく瞬間。製品という観点からいうと、気泡は入っちゃいけないのかもしれないし。偶然性の領域に入ってきますね。

寝癖も偶然でしょ。

あまりにも資本主義が末期までくると、チャームポイントと思ってていねいに寝癖を立てている、というふうになりますけど。わざと寝癖を立てるとか、マドンナは生まれてから一回も髪を梳《す》いたことがないとか。どんだけ高度なアピールなんだよとか思いますけど。わざと訛《なま》るとかね。いろいろやりますから。

それはともかく素朴に考えると、寝癖とか気泡とかっていうのは、お金や政治や経済やそのような尺度の外にある。そこがいい。

いい短歌はいつも社会の網の目の外にあって、お金では買えないものを与えてくれるんです。

あとがき

穂村　弘

『はじめての短歌』は、二〇一三年度の慶應丸の内シティキャンパスにおける短歌の入門講座がもとになっています。「世界と〈私〉を考える短歌ワークショップ」として日常生活と短歌の言葉がどのように関連しているのかを考え、実際に作品を作ってみました。本書はそのうちの主に講義部分を再構成したものです。

既に本書の企画があったので、担当編集者の市川綾子さんと構成をお願いした童夢の浅川瑠美さんには講座の初回から参加していただきました。そのため、現場の空気感がよく再現されていると思います。謝辞の代わりに、そのとき作られたお二人の短歌をあげて評したいと思います。

おいっこの小さな指にやっこ折り教えてわたしおばさんになる　市川綾子

我が子とちがって「おいっこ」は、この世に生まれたと云われても、それだけではぴんとこない存在だろう。一緒に折り紙をして「やっこ」の折り方を教えたとき、はじめて「わたし」に「おばさんになる」実感が生まれたのだ。「おいっこ」「折り」「教えて」「おばさん」のそれぞれの最初の音がオで揃《そろ》えられており、さらに「おいっこ」「やっこ」という類似音の重なりが面白い効果をあげている。

カブトムシはどこで捕れますか?　Yahoo! 知恵袋画面の向こうの夏休みが痛い　浅川瑠美

「カブトムシ」の捕れる場所を「Yahoo! 知恵袋」に問い合わせるとは、昭和の時代には考えられなかった手順だ。しかし、見方を変えると「夏休み」＝「カブトムシ」という構図そのものは変化していないとも云える。昔ながらの「カブトムシ」に関わる問いだからこそ、「Yahoo! 知恵袋」とのギャップが「痛い」のだろう。下句の大幅な字余りが二十一世紀の「夏休み」の異形感を強めているようだ。

参考文献

平岡あみ『ともだちは実はひとりだけなんです』ビリケン出版（二〇一一）
河野裕子『庭』砂子屋書房（二〇〇四）
高野公彦『水苑』砂子屋書房（二〇〇〇）
佐藤恵子『風の峠』徳島歌人新社（二〇一二）
せきしろ・又吉直樹『カキフライが無いなら来なかった』幻冬舎（二〇〇九）
葛原妙子『朱霊』白玉書房（一九七〇）
廣西昌也『神倉』書肆侃侃房（二〇一二）
盛田志保子『木曜日』SS-project（二〇〇三）
加藤周一ほか『伝え合う言葉　中学国語3』教育出版（二〇一二）
せきしろ・又吉直樹『まさかジープで来るとは』幻冬舎（二〇一〇）
岡崎裕美子『発芽』ながらみ書房（二〇〇五）
小池光『静物』砂子屋書房（二〇〇〇）
小池光『滴滴集』短歌研究社（二〇〇四）
俵万智『サラダ記念日』河出書房新社（一九八七）

石川啄木『啄木歌集』東雲堂書店（一九一三）
穂村弘『人魚猛獣説　スターバックスと私』かまくら春秋社（二〇〇九）
穂村弘『短歌の友人』河出書房新社（二〇〇七）
日本経済新聞
「短歌研究　第54巻11号」（一九九七）短歌研究社
「短歌　十月号」（二〇〇一）角川書店
「ダ・ヴィンチ No.214」（二〇一二）メディアファクトリー

本書は、慶應丸の内シティキャンパス夕学プレミアム『agora』（アゴラ）における講座「穂村弘さんと詠む【世界と〈私〉を考える短歌ワークショップ】」（二〇一三年一月十二日～三月十六日／全六回）をもとに、構成のうえ編集したものです。

解説

山田 航

この本はただの短歌入門書ではない。短歌入門書の仮面をかぶったビジネス書である。だからこの本を読むべきなのは、ビジネスマンのあなただ。とりわけ、文化や芸術なんていったい何の役に立つのと常々思っているようなあなただ。自分は社会の役に立っている人材だと信じて疑っていないあなただ。教養豊かで有能な上司が、あなたのような人に優しく伝える仕事術。これはそんな本なのだ。

本のもとになったのは、慶應義塾の社会人教育機関で開講されたワークショップ。バリバリのビジネスマンの受講を想定しているという、珍しいタイプの短歌講座だった。そして穂村弘は、ビジネス社会にありがちな効率至上主義に対して一貫してノーを表明してきた歌人である。経済活動が人間性を抑圧し、たとえば自分のような存在を苦しめてきたと、エッセイなどで書き続けてきた。そんな人物にとってビジネスマン相手のワークショップというのは、いわば敵地に乗り込んでのアウェー戦。しかし穂村には、実際に長い社会人経験も持っているという強みがあった。それを活《い》かし、現代短歌にあらわれるような詩的感覚の表現というものを、「文学の形式」ではなく「頭を切り替えるための発想法」として伝えることに尽力したのである。この本で一貫して主張されていること、それは「短歌は、役に立つ。」の一言なのだ。

穂村は、効率第一、実務一辺倒でバリバリ働く人生を別に否定したりはしていない。むしろそういう人がいなきゃ社会は回らないと理解している。しかしそういう人生だけではどうしても見えてこない人生のあり方というものが、この世にはある。仕事をするにあたっては、自分とは違う生き方を送る人々の考え方を感知できる能力が必要だ。それができる人間は、今までになかった需要や商機を創りだせる可能性がある。それができない人間は、異物や弱者を平然と排除しようとする危険なモンスターになりかねない。だから短歌がある。短歌はビジネスの世界の考え方とまるで正反対のことに価値が置かれる。「効率的でない」「意味がない」「お金にならない」、それらがむしろ価値のあることなのだ。そしてその価値観は、現代人のある種の集合的無意識と呼べるようなものである。みんな気付いていていないだけで、たとえば恋人と密室で二人っきりのときほど無意味で効率的でないあだ名で呼び合ったりする。

この集合的無意識の本質を、穂村は「唯一無二」というキーワードで語る。会社では課長に何かあったときのために課長代理が必要だ。しかし家庭に夫や妻の代理がいてはいけない。この世界はいつ誰がどんな順番で死ぬかわからない。そのために替わりの効くシステムが用意されている人生と、もう一方でひとりひとりにかけがえのない絶対的価値のある人生とがある。誰もがこの二種類の生を二重に生きているのであり、そして短歌は「唯一無二の生」をひたすらに追求する考え方に寄り添っている。穂村は前者の生き方を「生きのびる」、後者の生き方を「生きる」と表現する。要するに、「君じゃなきゃダメなんだ」「お前にしかこれは頼めない」というような言葉をかけられる喜びを追求する生こそが「唯一無二」の「生きる」人生なのだ。そんな人生を手に入れたいから人は恋愛をするし、ビジネスマンは新事業を立ち上げるし、歌人は短歌を作る。短歌的な価値観を知ることで、あなたはあなたとまったく別種の人間が何を求めているのか、感じ取れるようになる。

この本が導入した画期的な方法論に、「改悪例」というものがある。優れた短歌の一部を変えて、「どうでしょう、こうするとまるでダメな歌になりますね」と提示してみせるのだ。これは初心者の投稿歌をプロが添削するという従来の方法とは正反対である。この方法を取り入れたのは、「添削」という方法が現代短歌ではもはや通用しづらくなっているからだ。「添削」は、プロ歌人が文語文法や古典の知識に習熟していることに価値があるとみなされる状況でしか成立できない。「なり」とか「けり」とかを使わず、小説などと同じ文体で詠《よ》むような口語短歌が一般化した『サラダ記念日』以降のパラダイムではもはや成り立たないのである。

そして穂村は「改悪例」を示すとき、「他者には共感されづらい個人的な感覚」を、「いかにも共感されやすい普遍的な感覚」に言い換えることが多い。普遍的で共感されやすいものの方がいいじゃないかと思う人もいるかもしれない。しかし人間の感性とはそんなに単純なものではない。人間の感覚とは不思議なもので、「そんなのありえない」と思えそうなものの方が、「そんなにありえないものを大切にするなんてよほどのことなんだから、きっと本当なんだろう。あるある。」と思ってしまうのだ。本書にもそんな例が紹介されている。

少年の君が作りし鳥籠のほこりまみれを蔵より出だす　佐藤恵子

息子を想う母の気持ちという普遍的なテーマを詠んだ歌だが、「鳥籠のほこりまみれ」を大事にしているのはこの人だけだからこそ、大事にしていない人にもこの感情が理解できる。それでは問題。「鳥籠のほこりまみれ」をどんなふうに言い換えると、つまらない歌になると思いますか？　ヒントは、「誰にとっても大事だと共感されてしまいそうなもの」。

「いい短歌とはどんな短歌か？」。永遠の問題といえるこのテーゼに対し、穂村はこの本の中できわめて説得力のある回答を提示してみせている。その回答は、実にロジカルでわかりやすい。わかりやすいからこそ、短歌が「はじめて」ではない人は、「いやいや、短歌の良さをそんなに単純化していいのか。短歌の価値というのはほら、もっといろいろあるだろう」と感じるかもしれない。それも一理ないわけではない。しかしそもそも、そういう人たちを対象にしている本ではない。この本は「短歌なんて何の役にも立たない」と思っている人に向けての熱いプレゼンテーションなのだ。短歌の読み解き方がわかれば、他人の気持ちがわかるようになる。自分独特の感覚を他人に言葉で伝達する技術を獲得できる。誰もが悩んでいるコミュニケーションの問題解決をめざす方法論の一つとして、「短歌」の発想法を紹介しているのである。

そしてここで提示されている明快な評価軸は、現代短歌だけのものではない。与謝野晶子だって石川啄木だって斎藤茂吉だって、おおかた同じ評価軸で読んで楽しむことができる。明治や大正の時代の人間の考え方なんて今と違いすぎてわからないと思っている人もいるだろうが、穂村の指南する方法論に従えば、現代に繋《つな》がる日本のかたちを作り上げた人たちの考えていたことがわかってくるのだ。それをつかめれば、歴史を学べる。日本に暮らす人々の精神性が見えてくる。

かつてないビジネスを手がけたいと思っているあなた。他人の気持ちがわからなくて困っているあなた。自分を変えたいと思っているあなた。短歌がある。短歌の発想法がある。短歌を読むことで、その人生、少し変えてみませんか。穂村弘という、有能で優しいコーチがいますよ。

（歌人）

本書は二〇一四年四月、成美堂出版より刊行されました。

はじめての短歌《たんか》

二〇一六年一〇月二〇日　初版発行
二〇二三年　五 月三一日　11刷発行

著　者　穂《ほ》村《むら》弘《ひろし》
発行者　小野寺優
発行所　株式会社河出書房新社
〒一五一－〇〇五一
東京都渋谷区千駄ヶ谷二－三二－二
電話〇三－三四〇四－八六一一（編集）
〇三－三四〇四－一二〇一（営業）
https://www.kawade.co.jp/

ロゴ・表紙デザイン　粟津潔
本文フォーマット　佐々木暁
印刷・製本　大日本印刷株式会社

Printed in Japan　ISBN978-4-309-41482-9

求愛瞳孔反射

穂村弘

40843-9

獣もヒトも求愛するときの瞳は、特別な光を放つ。見えますか、僕の瞳。ふたりで海に行っても、もんじゃ焼きを食べても、深く共鳴できる僕たち。歌人でエッセイの名手が贈る、甘美で危険な純愛詩集。

短歌の友人

穂村弘

41065-4

現代短歌はどこから来てどこへ行くのか？　短歌の「面白さ」を通じて世界の「面白さ」に突き当たる、酸欠世界のオデッセイ。著者初の歌論集。第十九回伊藤整文学賞受賞作。

異性

角田光代／穂村弘

41326-6

好きだから許せる？　好きだけど許せない⁉　男と女は互いにひかれあいながら、どうしてわかりあえないのか。カクちゃん＆ほむほむが、男と女についてとことん考えた、恋愛考察エッセイ。

ひとり日和

青山七恵

41006-7

二十歳の知寿が居候することになったのは、七十一歳の吟子さんの家。奇妙な同居生活の中、知寿はキオスクで働き、恋をし、吟子さんの恋にあてられ、成長していく。選考委員絶賛の第百三十六回芥川賞受賞作！

みずうみ

いしいしんじ

41049-4

コポリ、コポリ……「みずうみ」の水は月に一度溢れ、そして語りだす、遠く離れた風景や出来事を。『麦ふみクーツェ』『プラネタリウムのふたご』『ポーの話』の三部作を超えて著者が辿り着いた傑作長篇。

ノーライフキング

いとうせいこう

40918-4

小学生の間でブームとなっているゲームソフト「ライフキング」。ある日、そのソフトを巡る不思議な噂が子供たちの情報網を流れ始めた。八八年に発表され、社会現象にもなったあの名作が、新装版で今甦る！

ドライブイン蒲生

伊藤たかみ　41067-8

客も来ないさびれたドライブインを経営する父。姉は父を嫌い、ヤンキーになる。だが父の死後、姉弟は自分たちの中にも蒲生家の血が流れていることに気づき……ハンパ者一家を描く、芥川賞作家の最高傑作！

第七官界彷徨

尾崎翠　40971-9

「人間の第七官にひびくような詩」を書きたいと願う少女・町子。分裂心理や蘚の恋愛を研究する一風変わった兄弟と従兄、そして町子が陥る恋の行方は？　忘れられた作家・尾崎翠再発見の契機となった傑作。

福袋

角田光代　41056-2

私たちはだれも、中身のわからない福袋を持たされて、この世に生まれてくるのかもしれない……人は日常生活のどんな瞬間に、思わず自分の心や人生のブラックボックスを開けてしまうのか？　八つの連作小説集。

そこのみにて光輝く

佐藤泰志　41073-9

にがさと痛みの彼方に生の輝きをみつめつづけながら生き急いだ作家・佐藤泰志がのこした唯一の長篇小説にして代表作。青春の夢と残酷を結晶させた伝説的名作が二十年をへて甦る。

野ブタ。をプロデュース

白岩玄　40927-6

舞台は教室。プロデューサーは俺。イジメられっ子は、人気者になれるのか?!　テレビドラマでも話題になった、あの学校青春小説を文庫化。六十八万部の大ベストセラーの第四十一回文藝賞受賞作。

ユルスナールの靴

須賀敦子　40552-0

デビュー後十年を待たずに惜しまれつつ逝った筆者の最後の著作。二十世紀フランスを代表する文学者ユルスナールの軌跡に、自らを重ねて、文学と人生の光と影を鮮やかに綴る長篇作品。

少年アリス

長野まゆみ 40338-0

兄に借りた色鉛筆を教室に忘れてきた蜜蜂は、友人のアリスと共に、夜の学校に忍び込む。誰もいないはずの理科室で不思議な授業を覗き見た彼は教師に獲えられてしまう……。第二十五回文藝賞受賞のメルヘン。

思い出を切りぬくとき

萩尾望都 40987-0

萩尾望都、漫画家生活四十周年記念。二十代の頃に書いた幻の作品、唯一のエッセイ集。貴重なイラストも多数掲載。姉への想い・作品の裏話など、萩尾望都の思想の源泉を感じ取れます。

コスモスの影にはいつも誰かが隠れている

藤原新也 41153-8

普通の人々の営むささやかな日常にも心打たれる物語が潜んでいる。それらを丁寧にすくい上げて紡いだ美しく切ない15篇。妻殺し容疑で起訴された友人の話「尾瀬に死す」（ドラマ化）他。著者の最高傑作！

ハル、ハル、ハル

古川日出男 41030-2

「この物語は全ての物語の続篇だ」――暴走する世界、疾走する少年と少女。三人のハルよ、世界を乗っ取れ！　乱暴で純粋な人間たちの圧倒的な“いま”を描き、話題沸騰となった著者代表作。成海璃子推薦！

人のセックスを笑うな

山崎ナオコーラ 40814-9

十九歳のオレと三十九歳のユリ。恋とも愛ともつかぬいとしさが、オレを駆り立てた――「思わず嫉妬したくなる程の才能」と選考委員に絶賛された、せつなさ百パーセントの恋愛小説。第四十一回文藝賞受賞作。映画化。

インストール

綿矢りさ 40758-6

女子高生と小学生が風俗チャットでひともうけ。押入れのコンピューターから覗いたオトナの世界とは?!　史上最年少芥川賞受賞作家のデビュー作、第三十八回文藝賞受賞作。書き下ろし短篇「You can keep it.」併録。